达夫所译短篇集

（德）盖斯戴客 等 著
郁达夫 译

当代世界出版社

图书在版编目（CIP）数据

达夫所译短篇集 /（德）盖斯戴客等著；郁达夫译．—北京：当代世界出版社，2015.2

ISBN 978-7-5090-1018-1

Ⅰ. ①达… Ⅱ. ①盖… ②郁… Ⅲ. ①短篇小说—小说集—世界 Ⅳ. ①I14

中国版本图书馆 CIP 数据核字（2015）第 019872 号

书　　名：达夫所译短篇集
出版发行：当代世界出版社
地　　址：北京市复兴路 4 号（100860）
网　　址：http：//www.worldpress.com.cn
编务电话：（010）83908456
发行电话：（010）83908455
（010）83908409
（010）83908377
（010）83908423（邮购）
（010）83908410（传真）
经　　销：全国新华书店
印　　刷：北京市玖仁伟业印刷有限公司
开　　本：880 毫米×1230 毫米　1/32
印　　张：8
字　　数：152 千字
版　　次：2015 年 4 月第 1 版
印　　次：2015 年 4 月第 1 次
书　　号：978-7-5090-1018-1
定　　价：35.00 元

出版总序

民国时期是中国从近代社会向现代社会转型蜕变的一个重要历史阶段。这个时期，政治风云变幻，思想文化激荡，内忧外患迭起。国家政治、经济、文化等均发生了翻天覆地的变化。新与旧、中与西、自由与专制、激进与保守、发展与停滞、侵略与反侵略，各种社会潮流在此期间汇聚碰撞，形成了变化万千的特殊历史景观。民国时期所出版的文献则是这一历史时期的全景式纪录，全面展现了民国时期波澜壮阔的历史画卷；精彩呈现了风云变幻的历史格局；生动描绘了西学东渐，学术思想百家争鸣的繁荣局面；真实叙述了中华民族抵御外族入侵，走向民族独立的斗争历程。因此，民国文献具有极其珍贵的历史文物性、学术资料性及艺术代表性。

民国时期是我国近代出版业萌芽和飞速发展的一个时期，规模层次各不相同的出版机构鳞次栉比，难以胜数。既有商务印书馆、中华书局、开明书店、世界书局、大东书局等这样著名的出版机构，亦有在出版史上昙花一现、出版物硕果仅存的小书局。对于民国时期出版物的总量，目前还没有非常精确的统计。国家图书馆在20世纪90年代，联合上海图书馆、重庆图书馆，以三馆馆藏为基础整理出版了《民国时期总书目》，收录中文图书124040种。据有关学者调查统计，这一数量大约为民国时期图书总出版量的九成。如果从学科内容区分，人文社会科学方面的出版物在数量上占绝对优势。

国家图书馆是国内外重要的民国文献收藏机构，馆藏宏富，并且作为国内图书馆界的领头羊，一向重视民国文献的保存保护。由于民国文献所用纸张极易酸化、老化，绝大多数已存在不同程度的损毁，难堪翻阅。为保存保护民国文献，不使我们传承出现文献上的断层，也为更多读者能够从不同角度阅读利用到民国文献，2011年，国家图书馆联合国内文献收藏单位，策划了“民国时期文献保护计划”项目。随着项目的展开，国家图书馆在文献普查、海外文献征集、整理出版等各方面工作逐步取得了重要成果。

典藏阅览部作为国家图书馆内肩负民国文献典藏管理职责的部门，近年来在多个层面加大了对于民国文献的保存保护力度，组建了专门的团队，对民国文献进行保护性的整理开发，先后出版了《民国时期连环图画总目》《国家图书馆藏民国时期毛边书举要》《民国时期著名图书馆馆刊荟萃》等。

然而，民国时期出版物种类繁多，内容丰富。就国家图书馆馆藏而言，从早期的中译本《共产党宣言》到我国的第一本毛边本《域外小说集》，从大批的政府公报到名家译作，涵盖之广，其所具备的艺术价值、史料价值，亦足令人惊叹。相较之下，我们的整理工作方才起步。为不使这些闪烁着大家智识之光的思想结晶空自蒙尘，为使更广大的读者能够从中汲取养料，我们会陆续择其精者，将其重新排印出版，希望读者能够喜欢。

国家图书馆

2014 年 9 月

自　序

译书实在是一件不容易的事情！从事于文笔以来，到现在也已经有十五六年的历史了，但总计所译的东西，不过在这里收集起来的十几万字的一册短篇集，和在中华出版的一册叫作《几个伟大的作家》的评论集而已。译的时候，自以为是很细心，很研究过的了，但到了每次改订，对照的时候，总又有一二处不妥或不对的地方被我发现；由译者自己看起来尚且如此，当然由原作者或高明的读者看起来，那一定错处是要更多了！所以一个人若不虚心，完全的译本，是无从产生的。

在这集里所收集的小说，差不多是我所译的外国小说的全部。有几篇，曾在北新出过一册《小家之伍》，有几篇曾经收集在《奇零集》里，当作补充物用过。但这两书，因种种关系，我已经教出版者不必再印，绝版了多年了；这一回当改编我的全部作品之先，先想从译品方面来下手，于是乎就编成了这一册短篇译文的总集，名之曰《达夫所译短篇集》。

我的译书，大约有三个标准：第一，是非我所爱读的东西不译；第二，是务取直接译而不取重译；在不得已的时候，当以德译本为最后的凭借，因为德国人的译本，实在比英、法、日本的译本为更高明；第三，是译文在可能的范围以内，当使像是我自己写的文章，原作者的意思，当然是也顾到的，可是译文文字必使像是我自己做的一样。正因为常常要固执着这三个标准，所以每不能有许多译文产生出来；而实际上，在我，觉得译书也的确比自己写一点无聊的东西，还更费力。

这集子里所收的译稿，头上的三篇，是德国的；一篇是芬兰作家阿河之所作；其次的一篇，是美国女作家M·衣·味尔根斯初期的作品；最后，是三篇爱尔兰的作家的东西。关于各作家的介绍，除历史上已有盛名者之外，多少都在篇末写有一点短短的说明在那里，读者若要由这一册译文而更求原著者其他的作品，自然可以照了我所介绍的书目等去搜集。但因各作品译出的时候，大抵在好几年之前，当时的介绍，或许已经不中用了，这一点，同时也应该请读者再加以注意。

近来中国的出版界，似乎由创作的滥制而改进到研究外国作品的阶段去了，这原是很好的现象。不过外国作品，终究只是我们的参考，而不是我们的祖产；将这译文改订重编之后，我却在希望国人的更进一步的努力。

一九三四年十二月序于杭州

目　录

废墟的一夜

（德）F·盖斯戴客（Friedrich Gerstaecker）

一八四一年的秋天，有一位年轻气壮的青年，背上背着背囊，手里拿着手杖，在遵沿了自马利斯勿儿特（Marisfeld）驰向味希戴尔呵护村（Wichtelhausen）去的大道，缓慢地，舒徐地逍遥前进。

他绝不是一个浪行各处在找工作做的手艺工人；这只须看他一眼，就可以明白，更不必由他在背囊上缚着的那个小小的样子很清趣的羊皮画筐来透露详情。无论如何，依他的样子看来，他一定是一位艺术家无疑。在头上深深斜戴着的那顶黑色阔边的呢帽，很长很美丽的卷曲的鬓毛，及软柔新短的那丛唇上的全须，——总之一切都在证说他这身份，就是他身上穿着的，那件在这一个阳和的早上许觉得太热一点的半旧的黑绒洋服，也在那里证说他是一位艺术画家。他的洋服的纽扣是解开在那儿的，而洋服下的白色衬衫呢——因为他是不穿着洋服背心的——却只用了一块黑绸的巾儿在颈下松松系缚在那里。

从马利斯勿儿特算起约莫走了一哩（英里）路程还不到的

时候，他听见那里教会堂的钟声响过来了。停住了脚，将身体靠住了行杖，他在聚精会神地倾听着这实在是奇妙地向他飞渡过来的钟声。

钟声早就停了，他可是依旧还呆呆地站着同在梦里似的茫然在注视着山坡。他的神思实在还留在家里，还留在那个小小的融和的讨奴斯山旁（Taunusfgebirge）的村里，留在他的家人，他的慈母，与他的弟兄姊妹之旁。他觉得似乎有一行清泪，要涌出在他的眼睛里的样子。可是他那少年的心，他那轻松快乐的心，却不许这些烦忧沉郁的想头滋盛起来。他只除去了帽子，含着满心的微笑，朝了他所素识的故乡的方向，深深鞠了一躬。然后比前更紧地拿起那根结实的手杖重新遵沿着他所已经开始的行程，他就勇猛地走上大道，走向前去了。

这中间，太阳已经在那条宽广的，单调的大道上射烧得很暖很热了，大道上且有很深的尘土成层地积在那里，我们的这位旅行者已向左右前后回看了好多次了，他的意思是在想发现一条比这大道更可以舒服一点走去的步道。恰好在右手是有一条岔路来了，但这路也并不见得比他在走的那条大道会更好些，而且这路的去向，比他所指的方向，也似乎离得太远。所以他仍循原路又走了一程，终于走到了一条清冽的山溪之旁，溪上是还有一架古旧的石桥残迹遗留在那里的。过桥去是一条浅草丛生的小路，小路的去向，是山谷的低洼之处。本来是没有一定的目的的他——因为他也不过是为清丽的魏拉河流（Werratbal）的美景所牵诱，此来也原不过想饱饱他的画箧而已，——就从溪流中散剩在那里的大石块高头脚也没有溅湿地渡了过去，跳到了那边的浅草丛生的地上。于是他就在这里的富有弹性的浅草高头和浓密的赤杨树荫之下，心里满怀了这一回所换的道路的舒服之感，急速地走向前去了。

“现在我却得到了这一点好处了，”他自对自的笑着说，“就是我可以完全不晓得我到的是什么地方这一点好处。这里没有那些无聊的路牌，真是无聊，这些路牌大约在几哩路前就在对人说了，此去下一个地方是叫什么名字，而每次每次记在那里的路程远近却总是不对的。我真想问问他们看，在这里，他们的计算路程究竟是如何计算的！可是在这里的山谷里，是多么寂静啊，——那也是当然的，礼拜天农夫们还要在野外做什么呢，一礼拜整整的六天他们既不得不在锄后车旁勤劳辛苦，那礼拜天他们当然是不愿意再出来散步的了，早晨在教会堂里的一忽儿安息，才能补足他们的睡眠，中饭吃后，他们当然是要向酒店的桌下去伸伸脚了啦。——酒店桌下——哼吓——像这样怪热的时候，一杯啤酒倒也很不错——可是在我能够得到一杯啤酒之先，在这里的这清清流水，不也可以权消口渴的么。”——于是他就将帽子背囊丢下，走下水边，去任心饮了一个痛快。

因此感到了一点清凉，他的眼睛却偶然看到了一株老残灵奇的柳树，他以熟练的手法画下了一张这老树的速写之图；现在是完全休息过了，心气也觉得清新了，他就又背起背囊，也不管那小路的路线是引他向何方去的，便又开始向前走了！

像这样的，这儿一块岩石，那儿一丛奇异的赤杨树丛，或又是一枝节瘤丛生的槲树之枝等收了许多速写在他的画箧里，他又约莫逍遥前进了一个钟头。太阳愈升愈高了，当他正决下心来，预备走得更快一点，至少想赶上下一个村子里去摄取午饭的时候，他却看见在他的面前，山谷的道旁接近溪边，一块从前大约是有神龛立着的老石之上，有一位乡下少女坐在那里，她是在俯视着那条他所走来的小道的。

为赤杨所遮住，他的看见她，比她的看见他还要早些；可是当他沿着溪边，正从那个到这时为止把他从她的视线里遮去的树丛里出来的当儿，她差不多和这是同时地就跳了起来，欢呼了一声，竟向着他而跑上前来了。

亚诺儿特（Arnold这是这青年画家的名字）倒吃了一惊，呆站住了，而同时也马上看出了她是一个同画上的美人儿般美丽的姑娘，年纪怕还不满十七岁，穿的是一套非常奇异，但也非常清洁的农妇的衣服；她伸出了两臂，在向他跑上前来。亚诺儿特也明明知道，她大约总是把他弄错当作了一个另外的人了，而这一个欢欣的接遇总并不是为他而发的——那个小姑娘一到认清了是他也立刻惊惶站住，颜面先变得青苍然后满面通红最后才嗫嚅难吐窘急得什么似的说：

“你……你这位不认识的先生，请不要生气，——我——

我把你——”

“当作了你自己的爱人看了，是不是？小姑娘！”那青年笑着说，“而现在你却要发怒了，怒恼你在路上遇见了一个另外的，不相识的，与你是完全不相干的生人，是不是？请你不要因为我不是你那个他而发怒才对呀。”

“嗳，你说哪里的话？”那小姑娘感到窘急似的幽幽地说——“我凭什么要发怒呢？——嗳，你正不晓得，我却在这儿非常的欢喜着哩！”

“那么他也不值得你再这样的等待下去了，”亚诺儿特说，他这时候才初次注意到了这纯洁的村女的实在是奇妙不过的爱娇，“假如我是你那个他的话，那我就一分钟也不教你无为地在这里等我的。”

“啊，你真说得奇怪，”那小姑娘羞缩地说，“他若是能来的话，那他就老早来了。或者他是病了也未可知——或者竟也许是——死了。”她缓慢地也是从心底里出来似的叹着说。

“你听不到他的消息，已经是很久了么？”

“嗳，是很久，很久了。”

“那么他的家里总大约是去这儿很远的罢？”

“远么？当然——从这儿去是远得很哩，”那姑娘说，“是在别蓄府斯罗达（Bisch-ofsroda）。”

“别蓄府斯罗达？”亚诺儿特叫着说，“我最近在那里是住过四星期的，那村里的孩子我差不多个个都认识。他叫什么名字呀?”

“亨利——亨利·福儿古脱(Heinrich Vollgut),”小姑娘羞羞缩缩地说,——“是别蓄府斯罗达村村长的儿子。”

“嗯,”亚诺儿特想了想说,“村长那里我是常进出的,他的姓氏是鲍爱林(Baeuerling)。据我所知,则全村里没有一个姓福儿古脱的人。”

“在那里的人,你或者总不全部都认识罢。”小姑娘辩着说,在她脸上的那一层悲哀忧怨的形容上,却潜入了一脸淡淡的,狡憨的笑容。这笑容在她的脸上,比起先前的那副忧郁的形容来,实在更是相称,更是好看。

“但是若从别蓄府斯罗达来的话,”那青年画家说,“那翻山过来,有两个钟头,也尽可以来了,至多也不过三个钟头。”

“可是他却仍是不来,”小姑娘说,又发了一声沉郁的叹声,“而他却是和我那么确实地约定的哩。”

“那么他一定是会来的,”亚诺儿特很忠心地保证着说,“因为倘若和你约定了,那他是必须有一个坚决如石样的心才忍心背言而不守约——我想你的那位亨利总不至于如此罢。”

“是啊,亨利是不会如此的,”小姑娘也很信任她爱人似的说,——“可是现在我不想再等下去了,因为无论如何我总要回家去吃午饭去,否则怕爸爸要骂起来哩。”

“你的家在什么地方?”

“就在这村谷里一直地进去——吓,你听见那钟声么？——教会堂的礼拜刚散呀。”

亚诺儿特倾听了一下，在距离并不很远的地方，他听见有一种慢慢撞击的钟声传了过来；但这钟声并不深沉响亮，却只是尖锐不和谐的，而当他看向那钟声响的地方去时，他看见简直有一层浓密的雾霭遮障在村谷的那一部分上似的。

“你们的这钟是有裂痕的，”他笑着说，“这钟的声音真有点怕人。”

“是的，我也知道，”小姑娘冷静地回答说，“这钟的声音真不美，我们早想把它改铸了，可是一则我们老没有钱，二则也没有余裕的时间，因为这附近是没有铸钟师的。但是倒也没有什么；因为我们都已听惯了，晓得这钟打的时候是什么意思了，——所以就是这破钟也尽可以通用的。”

“你们的村子叫作什么名字呀？”

“盖默尔斯呵护村（Germelshausen）。”

“从你们那里可以走上味希戴尔呵护村去的？”

“那很容易——走步道而去，怕只要小半个钟头好了——或者还不要的呢，若你走得快一点儿的时候。”

“那么，小宝贝，我和你一道去罢，去走过你们那个村子：假如在你们那儿有一家好好的旅馆的话，那我就也到你们那儿去吃午饭去。”

“那旅馆只是太好了一点。”小姑娘叹着说，临行时她又朝后回顾了一眼，看看她那所久候的爱人究竟来也不来。

“旅馆哪里有太好的道理呢？”

“对农夫自然是如此的，”小姑娘认真地说，这时候她已在他的边上并着，缓缓地走向村谷中去了，“农夫于日里的工作完了之后，晚上在家里是还有许多事情要做的，假使他在一家好好的旅馆里坐到了深夜回来，那岂不要把家里的事情耽搁起的么？”

“可是我今天总再没有什么事情耽搁落了罢。”

“城里的先生们是不同的——他们本来就不做什么工，所以也没有多大的事情会被耽搁，而农夫却是要为他们而做工，做出粮食来供养他们的。”

“那倒也不尽然，”亚诺儿特笑着说，——“他们为我们务农（植造）是有之——可是做出工作来供养却还是有待于我们自己的哩，并且我们有时候也很苦，因为农夫的工作，是容易得到相当的报酬的。”

“可是你们是并不在做什么工的呀？”

“为什么不做工呢？”

“你们的手并不是像做工的样儿。”

“那我就马上试给你看看，我是如何的做工而且能够做点什么的，”亚诺儿特笑了。“你且上那丛老的紫丁香花树下的平石上去坐下来罢——”

“我上那儿去干什么？”

“你且坐下罢。”青年画家叫着，就很快地把背囊丢下，把画筐和铅笔取了出来。

“可是我要回家去了！”

“有五分钟就行——我极愿意将你的纪念品留一个在身边，携带到外边的世界上去，就是你的亨利，大约对此总也不会反对的。”

“我的纪念品？——你说得真可笑呵！”

“我想画一个你的像去。”

“你是一位画家么？”

“是的。”

“那好极了——你马上可以把盖默尔斯呵护村教会堂里的画重新点染点染画一画新，因为它们实在是太旧太难看了。”

“你叫什么名字？”这一回亚诺儿特问她说，这中间他早把画筐打开，很快地在画取这小姑娘的娇容的速写图了。

“盖屈鲁特（Gertrud）。”

“你爸爸是做什么的？”

“是村里的村长。——你若是一位画家，那你可以不必上旅馆去；我就马上带你回家去吃午饭，饭后你可以和爸爸商量商量一切的事情。”

“是不是关于教会堂的画的事情？”亚诺儿特笑着问她。

“当然是的，”小姑娘很认真地答他，“那你就非要住在我们那里不行，总得和我们住一个很长很长的时期，直到——我们的日子再来而那些画是完整了的时候。”

“盖屈鲁特，这些事情让我们慢慢地往后再说。”青年画家一边很忙碌地在调使他的铅笔，一边说，——“我且问你，假如我有时候——或者竟是常常要和你在一道，而——又和你说闲话说得非常之多，那你的那位亨利不会生气的么?”

“亨利?”小姑娘说，“他以后怕不会来了。”

“今天自然不会来了啦，可是明天呢?”

“不，”盖屈鲁特完全平静地说，“他今天十一点钟的时候不来，是不来的了，直要到我们的日子再来的时候止。”

“你们的日子？那是什么意思呀?”

小姑娘只吃一惊似的诚恳真率地朝他看看，可是对他的这一句问语，她仍不回答，而当她把视线擎住罩在他们头上的高空云层上去的时候，她的眼里却现出了一种特异的苦痛和忧郁的表情，在凝视云端。

这一忽儿的盖屈鲁特真有天使般的美丽，而亚诺儿特在急于他的速写画的完成，注意力全为这事所吸引，把其他的一切都忘掉了。并且这中间他也没有多少余裕的时间。那小姑娘突然站起来了，把一块方巾向头上一抛，遮住了太阳的光线，她站起来说：

“我非走不行——这日子是那么的短，他们家里的人，全在等着我哩。”

可是亚诺儿特也已经把那张小画画完了，用了几笔粗线，将她的衣服折痕表示出来之后，他一边就将画擎给她看，一边说：

“像不像?”

“那真是我呀!”盖屈鲁特急速地叫了一声，似吃了一惊的样子。

“可不是么? 不是你是谁呢?”亚诺儿特笑了。

“你要将这画留着拿了去么?”小姑娘羞缩地差不多是忧闷地问。

“当然我要拿去的，”青年叫着说，“我若从这里远远地，远远地离开了的时候，也可以常常看看想念你呵。”

“可是不晓得我爸爸答应不答应?”

“是不是说准不准我想念你的话? ——他能够禁止我不想你么?”

“不是的——但是——诺，就是你要将画带去——带到外边的世界上去的话呀?”

“他不能阻止我的，我的心肝，”亚诺儿特很亲爱地说，——“可是将这画留在我的手里，你自己是愿意不愿意呢?”

“我么? ——那有什么!”小姑娘想了一下回答说——“假如——只教——嗳，我还是要去问问爸爸才行。”

“你真是一个傻孩子，”青年画家笑着说，“就是一位公主，也不能反对一个艺术家来将她的容貌画取而为自己保留着的呀。对你是并没有什么损害的。请你不要这样地跑走罢，你这傻孩子；我要同你去的呀，——或者你想这样地使我中饭也没得吃，剩我在这里么？你难道忘了教会堂里的画了么?”

“是的，那些画，”小姑娘停住了脚在等着他说；但是急急把画筐收拾起来的亚诺儿特，在一瞬之间，又已走在她的边上了，他们便比前更快地在走他们的路，走向村子里去。

那个村子却距离得非常之近，比亚诺儿特听了那破钟的声音在猜度的距离更近了许多。因为青年从远处看来，以为是赤杨树林的一丛树木，等他们跑近来一看，却是一排以篱笆围住的果树丛林，在这丛林之后深深地藏着的，在北面和东北的方面可仍是宽广的耕地，却是那个有低低的教会堂尖塔和许多被熏黑的村舍的古旧村子。

在这里他们开头也踏上了一条铺得好好的坚实的街道，两旁是各有果树培养在那里的。可是在村子上面的空中却悬着那块亚诺儿特在远处已经看见了的阴郁的雾霭，把亮爽的日光弄得阴沉沉的，致使在那些古旧灰色风雨经得很多的屋顶之上，只有些黄黄不亮，异常阴惨的光线散射在那里。——亚诺儿特对这些光景可是几乎不曾注一眼目，因为当他们走近开头的几家房子的时候，在他边上走着的盖屈鲁特慢慢地将他的手捏住了。把他的手捏住在她的手里，她就和他走入了第二条街。

因与这一只温软的手的一接触，这位年轻气壮的青年竟周身感到了一种不可思议的奇异的感觉，他的眼睛不能自已地在找捉那年轻的小姑娘的视线了。但是盖屈鲁特却并不流盼过来，眼睛优婉地俯视着地面，她只在领导她的客人上她父亲的屋里去。所以最后亚诺儿特的注意力就只好分向到那些对他并不招呼一声，只静默地从他边上走过去的村民的态度上去。

他开头就注意到了这一点，因为在这地方近邻的各村子里，走过的人对一位不认识的陌生人至少也该说一声“您好啊”或“上帝保佑你啊”的客气话的，若不说这些的时候，那大家几乎会把这事情当作一宗犯罪的行为来看。在这村子里却并没有人想到这件事情，这些村民只同在大都会里的住民一样，只是静默着无情地走过去了，或只是在这里那里站立下来朝他们看看——而没有一个人来和他们攀谈一句话的。就是对那小姑娘也并没有一个人说出一番客套话来。

那些古旧的房子，那些有用了雕刻装饰着的尖顶八字式的门面与坚强的被风雨所打旧的草盖的房子，又是多么奇特呀——并且是礼拜天也不管，人家的窗门是没有一扇擦拭得光亮的，那些圆形的镶在铅框里的玻璃，看起来都是沉郁斑斓，在它们的灰垢的面上都只在那里放虹霓的光彩。当他与她走过去的时候，这里那里也时有扇把窗门开开来的，里面也有亲和可爱的小姑娘的颜面或年老有福的老婆婆的颜面在那里看望出来。那些住民的异样的服式也使他感到了奇怪，因为他们的衣服实在是与附近各村的根本地不同。此外且到处只充塞着了一种几乎是万籁无声的沉默，亚诺儿特到最后觉得被这寂默压得苦痛起来了，所以就对他的那女伴说：

“在你们这村里难道把礼拜天守得那么严谨的么？难道教大家遇着的时候也不准交换一句客气话的么！若不是这里那里的听见一声狗叫和鸡鸣，那我们几乎可以把这全村当作是沉默的或死了的地方看了。”

“现在是中饭的时候呀。”盖屈鲁特平静地说，这时候是大家不想多说话的，因此到晚上怕你要更觉得他们的吵闹嘈杂哩。

“真要谢感上帝啊！”亚诺儿特叫着说，“那儿却终究有起几个小孩子来了，他们倒是在街上玩儿哩——我已经觉得在这儿有点奇怪起来了，仿佛是怪可怕的样子；在别蓄府斯罗达他们过礼拜天可不是这么过的。”

“那儿是我爸爸的家里了。”盖屈鲁特轻轻地说。

“对他可是，”亚诺儿特笑着说，“我不应该这样出其不意地在吃中饭的时候去打搅他的呀。我对他或者是一个不被欢迎的不速之客，而我在吃饭的时候呢，又只喜欢看到亲和的面色在我的周围的。我的好孩子，还是请你告诉那旅馆的地方罢，或者由我自己去找也行，大约盖默尔斯呵护村总不会和别的地方不同罢？在平常的村子里旅馆总是紧接在教会堂的边上的，大约跟教会堂的尖塔走去总不至于走错。”

“你是不错的，我们这里原也是和别个村子一样的，”盖屈鲁特沉静地说：“可是在家里他们已经在等候我们了，你可请不必担忧，怕他们会对你有不客气的地方。”

“他们在等候我们？啊，你的意思，是你和你的亨利罢？好，盖屈鲁特，假如今天你能把我当作亨利看待，那我就上你那儿去，和你们在一道儿住下去——一直住下去——直到你自己再想赶我出去为止。”

他不能自已地用了极感动的声气将最后的几句话说出，同时又轻轻地将还在捏着他的手的那只纤手捏了一把，盖屈鲁特忽而站住了，张大了眼睛朝他深深地看着，她就开始说：

“你真的愿意这样么？”

“一千一万个愿意。”青年画家被她的奇艳迷人的美色所征服而叫着说。盖屈鲁特可是不再回答他了，就又开始走她的路，仿佛是在深思她同行者的刚才所讲的话的样子，最后她走到了一间高大的房子之前又站住了，一条有铁栏围住的宽大的石级是引入到这房子里去的，站住之后，她又回复了从前的那种羞缩的态度说：

“亲爱的先生，这儿就是我的住家，假如你喜欢的话，那请你和我一道走上我爸爸那里去罢，他一定要以能招你去和他一道吃饭为无上的光荣。”

当亚诺儿特能够回答她些话语之先，在石级的高头那位村长已经走出来立在门口了，一扇窗开了开来，里面有一位老妇人的亲和的颜面在向外看望而在朝他俩点头，这中间那农夫叫着说：

“可是盖屈鲁特，今天你可在外面耽搁得久了，嗳唷，看啊，她又带了一个多么漂亮的美少年来！”

“我的亲爱的村长先生——”

“请不要在台阶上叙客套罢——快请进来；肉丸子早就做好了，否则怕要硬起来要冷了哩。”

“这可不是亨利，”那老妇人在窗里说，“我不是说了么？‘他怕是不再来了’。”

“这也很好的呀，娘，很好很好！”那村长说，“这也很可以的，”对这新来者伸出了欢迎的手，他就继续着说：“欢迎你到盖默尔斯呵护村来，我们的少先生，那丫头是在什么地方把你拣取了来的呢。现在请进来用饭罢，请随意吃吃——其余的事情我们往后再谈罢。”

他真不让这青年画家有一刻可以做告罪之类的话的余裕，等他一踏上台阶，盖屈鲁特将他的手放开之后，村长就很重地和他握过手，亲亲热热地将他的手夹在臂下引他上那间宽广的居室里去了。

房子里只充塞着了霉败气土壤气很重的空气，虽则亚诺儿特对于德国农人的那一种习惯，就是在房子里最喜欢把新鲜空气统统塞杀，与在夏天也常常把火生起好享受那种他们以为舒服的蒸人的热气之类的习惯，是十分知道的，但到了这里，他也觉得有点奇特了。那间狭窄的进口房间，也觉得有点不大令人快活。墙上的粉刷石灰都已剥落了，仿佛是刚才很匆促地扫集收拾到边头上去的样子。在这房间后部的一扇唯一的幽黑的窗儿乎是一线的外光也透射不进来的，而从这房间引到高一层的住室里去的那条阶梯呢又是很旧很坏，似乎是年久失修的模样。

可是他在这里并没有可以详细观察周围的余裕，因为一瞬间之后，他的那位好客的主人已把客室的门儿开了，亚诺儿特看自己已经进到了一间虽然不高但也很宽广的房间，在这里的空气是清新的，地上还有白沙铺着，室内当中摆着一张以雪白的桌布罩好的很大的食桌，却与这古旧的房子的周围各种灰陈的设备做了一个很好的对照。

在那个老婆婆之外，——她已经把窗门关上，将她的椅子移向食桌边上来了，在她之外还有几个双颊红红的小孩子坐在房间的角上；一位强壮的农妇——可是她的衣服也完全和邻村的不同的——为拿了一大盘东西走进来的使女开了门。于是那盘肉丸子就热气蒸腾地放在桌上了，大家就各跑上椅子边上去分受这正合饥饿的人的胃口的饭餐。可是没有一个人坐下椅子来，而小孩子们呢，由亚诺儿特看来仿佛是都在举起了忧惧的视线在朝他们的父亲看着。

父亲走近了他的椅子，将手臂搁在椅上，只静默地沉寂地并且是阴郁地将视线低注在前面的地上。——他难道在祈祷么？亚诺儿特只看见他将嘴唇紧紧地包紧，而他的右手却捏了一个拳头在身边挂落在那里。在他的面上绝没有一种祈祷的表情，依他的样子看来，却只是一种顽强的，可也是未曾坚决的骄抗的神气。

盖屈鲁特轻轻地走近了他的身边，把她的手搁在他的肩上，那老婆婆也只一言不发地和他对立在那里，在用了一种忧怨哀恳的视线朝他呆看。

“我们吃罢!”那男子粗暴地说，——“是没有办法的!”将椅子推了推开，对他的客人点了点头，他就自己坐下椅去，拿起那柄很大的食器来替大家分装起菜来了。

这一位男子的这种种行为，亚诺儿特真觉得有点莫名其妙的可怕，并且在其他各人的都受压迫似的氛围气中他也同样的不能感到舒畅。可是那位村长并不是将他的中饭来和忧思一道吃的人。他在桌上一拍，使女就又进来，拿了许多酒杯酒瓶来了，与他所倒给人的那种可口的陈酒之来在同时，食桌上的各员中间也马上都感到了一种完全不同的比前更愉快的情怀的恢复。

那种名贵的饮品真像是化成液体的热火在亚诺儿特的血管里循流起来了——他自从出世以来绝没有吃到像这样的好酒过，——盖屈鲁特也喝了，老婆婆也喝了，老婆婆往后马上就到屋角上她的纺轮边上去坐下了，她并且用了轻轻的音调唱出了一曲歌咏盖默尔斯呵护村的快活的生活的小曲儿来。村长自己也完全像变过了一个人的样子。和前头是异常地沉郁异常地静默时一样，这一忽儿却变得异常地快活异常地高兴了，亚诺儿特当然也不能逃出这种美酒的自然的影响。他也不晓得究竟是从哪里来的，村长的手里却横捏了一把提琴在弹一个很快活的跳舞曲子，亚诺儿特抱住了美丽的盖屈鲁特，就和她在屋里乱舞起来。他俩舞得如此之狂，甚至把纺轮打翻，许多椅子也被跌倒，而那个正在把食器收拾搬出去的使女也几乎被闯倒，总之他俩演尽了种种可笑的狂跳乱舞，弄得在旁看着的其余的人都笑断了肚肠。

突然之间，室内的一切都沉默了，等亚诺儿特吃了一惊回过来看那村长的时候，他却以提琴的弓子指了一指窗外，就把那乐器仍复收拾到了那只他前回是从这里头取出来的大木箱子里面。亚诺儿特看见外面街上正有一具棺材从那里抬过。

六个穿着白衬衫的男子将棺材扛在肩上在前头走，后面只冷清清地跟着一位老人，手领着一个金发的小小姑娘。老人被忧伤所摧毁似的在街上走着，但那还未满四岁的小孩，大约是因为还不晓得睡在那黑棺里的是何人的缘故罢，到处若遇着一个认识的人的时候，就在很亲爱地点头，而当看见了两三只狗跑跳了过去，其中的一只闯着了村长的房子前面的石级而滚倒的时候，却很高兴地笑了起来。

但是只当那棺材还看得见的中间室内沉默了一忽。盖屈鲁特走近了青年画家的身边对他说：

“现在你暂时休息一忽儿罢——你跳也跳得够了，否则那猛烈的酒性怕要渐重地逼上你的头来。来罢，拿着帽子，让我们一道去散一回步。等我们回来的时候，正好上那家旅馆去，因为今晚上那里有跳舞哩。”

“跳舞？——好极了，”亚诺儿特很满足地叫着说，“我真来得凑巧呵；你总该和我跳头一支舞的罢，盖屈鲁特？”

“当然，假如你若愿意的话。”

亚诺儿特也将帽子和画箧拿起来了。

“你那本书干什么的？”村长问。

“他是画画的，爸爸，”盖屈鲁特回答说——“他已经把我画过一张了。你且看看那张画罢。”

亚诺儿特开了画箧就将那张速写图擎给那男子去看。

那农夫静静地沉默着看了一会。

“你要将这画带着拿回去么？”他最后问说，“或者将装进一个框子去挂在你的房里罢？”

“那是不行的么？”

“爸爸，你许他带回去么？”盖屈鲁特问。

“假如他不和我们在一道，”村长笑着说，“我也没有什么好反对——但是这画上还缺少一点背景。”

“什么呢？”

“刚才的那个丧葬的行列——你把那葬式画上这纸上去罢，那么你可以带了回去。”

“但是那个丧葬行列和盖屈鲁特？”

“纸上还空得很呢，”村长很顽固地说，“一定要把葬式画上去才行，否则我不许你带了这只画着我的小姑娘的速写图拿去。在这样的严肃的背景之内或者没有人会想到坏事情上去的。”

亚诺儿特对于这奇怪的提议，就是对一位美丽的姑娘要借一个丧葬行列来做名誉保证的这提议笑着摇了摇头。但是这老人似乎已经决下了心而不能变动的了，为使他满足起见，亚诺儿特就从了他的提议。往后他以为尽能够把这悲哀的添加品很容易地再擦去的。

他以熟练的手法把刚才走过的人物情景画了上去，虽则是只追溯着他的记忆在画的，但他仍将全部都画入在纸上，于是全家族的人就都挤拢在他的身边，表示着很明显的惊异，在看他那种神速的画法。

“我画得还不错罢?”最后亚诺儿特从椅子上跳起，将那张画伸直了手臂拿着在看的时候叫着说。

“真不错!”村长点了点头——“我真想不到你能这么快的就把它画好了。好，现在是好了，你就和那小丫头出去罢，去看看我们这村子——或者你第二次不能马上有再来看的机会罢。到了五点钟的时候就请回来——今天我们有一个庆祝的盛会，你一定要来参列才行哩。”

那个土壤气重的房间和已经升上头来的酒性把亚诺儿特弄成了一种不畅放的被压迫的气氛感觉，他早在渴慕着外面天空下的自由开放了。几分钟之后他就走在美丽的盖屈鲁特之旁，遵沿了那条贯通村子的大街在逍遥阔步了。

现在路上可没有同从前那么的沉寂了。小孩子们在街上游戏，老人们这儿那儿的坐在门前在看他们。充满着古旧的奇怪的房屋的这地方，只叫太阳能够通过那层像一块云似的挂在人家上面的深厚紫褐色的烟霭晒射下来，那一定就能够呈现出一种亲和悦目的景象。

“这近边有荒野或森林里在起火么?”他问那姑娘说，“像这样的烟霭是旁的任何村子里所没有的，这当然也不是从烟囱里出来的呀。”

“这是地气，”盖屈鲁特很平静地回答说——“但是你还没有听人说起过盖默尔斯呵护村么?”

“从来没有听见过。”

“这倒也奇怪了，这村子是很古——很古的呀。”

“至少从这村里的房屋看起来是如此的，并且那些村民的行动举止也奇怪得很，而你们的言语也完全和邻近的各村不同。你们大约是从你们的村里很少出去到外间去的罢?”

“很少。”盖屈鲁特简单地答。

“在这里并且一只燕子也没有了？——难道它们已经都飞完了么?”

“嗳，早就，”那姑娘呆板地回答说，“在盖默尔斯呵护村它们是不来造巢的。——大约是因为它们不能受那地气的缘故罢。”

“可是你们这里总不是老有这地气的罢?”

“老有的。”

“那么或者你们的果树不生果子，也是这个原因，在马利斯勿儿特今年他们却非要把树枝用支柱来支住不行，今年的果子真生得多呀。”

盖屈鲁特对此也不做一句答语，尽是默默地在他边上在村子里向前走去，到最后终究走到了村子的尽头。在路上她只有几次很慈和地对小孩子点了点头或对年轻的少女中间的一个说几句轻轻的话——大约是关于今晚上的跳舞与舞会内穿的衣裳之类的话罢。那些年轻的姑娘在这中间都用了满抱着同情的眼光在朝这青年画家注视，致使他也不晓得是什么原因会变得心里热起来悲痛起来——但是他也不敢问一声盖屈鲁特，这究竟是什么缘故。

现在他们终于走到了村子最外面的几家人家的边上了，因为在村子里头是异常的热闹的原因，所以在这里觉得格外的冷静沉寂，几乎觉得周围是完全死绝了的样子。那些庭园似乎是很久很久的有许多年数没有人迹到过似的：路上只长着荒草，尤其是惹这年轻的异乡人注意的，是那些果树，果树中竟没有一株生着一颗果子的。

在那里他们遇见了几个自外面进来的人，亚诺儿特一看见就认得他们是刚才搬葬仪出去回来的人物。这一群人只沉默地从他们身边经过，又回向村里去了，两人的脚步便自然而然地走向了墓地中间。

亚诺儿特觉得他那同行的女伴变得很忧郁了，所以尽力的想使她高兴起来，于是就讲了许多他所到过的另外的地方的事情给她听，并且告诉她外面的世界是怎么样的。她从来还没有看见过铁路，并且听也还没有听见过，所以很注意地满怀了惊异在听他的说明。她对于电报以及各种新一点的发明之类，都完全没有一丝的概念，致弄得那青年画家不能了解，何以在德国境内竟能有这样保守的人，完全和外界相隔绝，竟能不与外界发生一点极微细的关系而这样地生活过去。

在说这些话的中间他们就走到了墓地之内，在这儿那年轻的异乡人就又被那些古代的石头和墓碑之类所惊异了，虽则它们的样子一般是很单纯的。

“这是一块很古很古的石头，”当他伏下身去，看了身边最近的一块石头费了许多苦心，将石上的蜷曲的文字翻出来后，这样的对盖屈鲁特说，“安娜，马利亚，白托耳特，生姓须蒂格利兹（Anna Maria Berthold，geborene Stieglitz）生于一一八八年十二月初一——卒于一二二四年十二月初二——”

“这是我的母亲。”盖屈鲁特严肃地说，两行亮晶晶的大泪在她的眼睛里涌出慢慢地洒上她的衣上去了。

“嗳，你的母亲？你这好孩子？”亚诺儿特吃了一惊对她说，“你的曾曾曾祖母罢，只有这是可能的。”

“不是的，”盖屈鲁特说，“是我自己的母亲——爸爸后来又结婚了，在屋里的那位是我的后母。”

“可是在石上不是说是在一二二四年卒的么。”

“那年份有什么关系呢，”盖屈鲁特很悲哀地说，——“像这样的不得不和母亲死别开来，实在是一件最伤心的事情，但也——”她又轻轻地而也很沉痛地加上去说——“许是很好的——完全是很好的，像这样的她能够先到了上帝那里。”

亚诺儿特摇着头又伏下身去，想将石上的碑铭再仔细点寻探一下，看年号中的头一个二字是不是八字，因为在古代的书法里这也并不是不可能的。但是第二个二字却和头一个丝毫也不差一点，而写的若是一八八四年这年份呢又太嫌早了，因为一八八四年正还没有到来呢。或者是石匠的错误也未可知，看那姑娘是深沉在故人追怀的沉思里了，他也不想再以大约是她所不乐意的问题去打断她的念头。他所以让她一个人跪下在那块石头的边上在轻轻地祈祷，他自己就又去寻看另外的墓碑去了。但是看来看去，那些墓石上所刻的年份毫无例外地都是几百年前的年号，竟有古到耶稣降生后九百三十年及九百年代的，新一点的墓石一块也寻不出来，可是村里的死者就是现在也还是上这里来葬的，那穴最近的新墓就是一个证据。

从低低的墓地墙上望出去，也看得到一个这古村全村的很好的全景，亚诺儿特马上就利用了这机会，画下了一张速写图来。但是在这一块地方之上，也有那层奇怪的雾霭悬着，而在远一点的近树林的地方呢！他却能看见明亮的日光皓皓地晒在山坡的上面。

村子里那个旧的在裂痕的钟声又响过来了，盖屈鲁特急急地站了起来，将眼睛里的泪痕弹了一弹，她就很亲爱地向那青年打了一个招呼，教他跟着她去。

亚诺儿特马上就走到了她的边上。

"现在我们可不该再伤悲了，"她微笑着说，"教会堂的钟声在响，礼拜已经散了，现在是可以去跳舞去了。你到现在为止大约总以为盖默尔斯呵护村的村民都是阴郁虔敬的人罢；今天晚上你却可以看到相反的事实。"

"可是那边是教会堂的门罢，"亚诺儿特说，"我却不见有什么人出来呀？"

"那是当然的，"小姑娘笑了，"因为并没有人进去的缘故，就是牧师本人也并不进去的。只有那教会的老役人自己不肯休息在那里召集催散地打打钟罢了。"

"那么你们这里的人难道没有一个上教会堂去的么？"

"不——弥撒也不去——忏悔也不去的，"那小姑娘沉静地说，"我们和教皇的争执还没有解决呢，他住在外国人的中间非要到我们再服从他的时候，他是不允许我们到教会堂去的。"

"可是自从出生以来，我倒还没有听到过这一件事情。"

"是的，那还是很早很早的事情啊，"小姑娘不经意地说了开去，——“你瞧，那不是教会的那老役人么？他只一个人从教会堂里出来，在关门了；他在晚上也不上旅馆里去的，只是一个人静静地坐在家里。”

“那牧师也去的么?”

“我想他是去的——他在众人之中是一个最会寻快乐的人。他把什么事情都不搁在心上的。”

“这些事情究竟是怎么一回事呀?”亚诺儿特问说，实在他对那些事实的惊异，还是对这姑娘的无邪纯朴的态度的惊异来得大些。

“那却有一段很长的历史的，”可是盖屈鲁特却在这样地答他，“而那牧师却把这些事情全部写入在一部很大很厚的书里。你若有兴趣，若懂拉丁文的话，那你可以去读读试试的。——可是，”她忠告着他加上去说——“假如我爸爸在边上的时候请你不要说起这些，因为他是不欢喜这事情的。你看呵——青年的男女已经各从他们的屋里出来了，现在我却不得不马上赶回家去，去换衣服去，因为我不愿意做落后的最后一个。”

“盖屈鲁特，你的头一支舞呢?”

“我要和你来跳，就算约定了罢。”

两人急急走回村里来了，村里的样子却完全和早晨的换了一个相儿。到处站立着在欢笑的青年群众，少女们都装饰穿戴着参加盛会的衣饰，青年们也一样的都把顶好的衣服穿上了。

他们从那旅馆的门前经过，看见窗户上都一扇一扇地接连着装有绿叶的花彩在那里，大门之上，且装着有一弯广大的凯旋牌坊。

亚诺儿特因为看见大家都穿着装饰得非常华丽，自家也不想穿了行旅的服饰去夹在这些庆祝盛会者的中间，所以就在村长家里把他的背囊打开，将他的好衣服拿出来穿上，当他准备正完毕的时候，盖屈鲁特已在敲门叫他了。而这小姑娘现在穿上了她的虽简单而也很华贵的衣饰之后，看起来又是何等的美丽呀，实在是要惊骇杀人的美丽呀。她央请他陪她前去——因为她父亲母亲要迟一忽儿再去——的态度，又是何等的真诚纯挚呀！

“她的对亨利的思慕似乎是不十分能抑压她的柔心的样子。”当他围拉着她的手臂和她一道在刚晚下来的暮色之中走往跳舞场去的时候，那青年私下在想。可是他自然在深留着意，免得将这一类的想头偶尔在言语上流露出来，因为在他的胸里已经有一种特异的奇妙的感觉在流动了。而当他在手臂上感到了那少女的心在强跳的时候他自己的心也跳动得异常的厉害。

“可是明天我是又不得不走的。”他一个人自己在轻轻地叹着说。可是他在不注意的中间，这叹着的自语已经传到了他那女伴的耳里了，于是她就笑着对他说：

“请你不要为这事情担忧罢——我们是要比什么都长久地

在一道了——或者是比你所想的还要长久地。”

“盖屈鲁特，假如我和你在一道的话，你是喜欢不喜欢?”亚诺儿特问她说，而同时他觉得满身热血都猛烈地涨向头上脑里来了。

“那还待说么?”那小姑娘诚实地说，“你是又好又可爱——我爸爸也很欢喜你哩，我是晓得的，而——亨利却没有来!”她轻轻地如怒了似的加上了这一句。

“那么假如他明天来了呢?”

“明天?”盖屈鲁特用了她那大而且黑的眼睛深切地注视着他说——“在这中间却隔着一个很长——很长的暗夜呢。明天！你到了明天，大约才能够了解这明天两字是什么意思罢。可是今天还是让我们不要说及那些事情的好，”她简洁地多情地将这话切断了，“今天是一个欢乐的有盛会的日子，我们满怀着喜悦地等这一个日子的到来，已经等得很久很久，真等得太久了，让我们不要把这难得的机会以不快的想头来弄坏罢。——这儿却早到了跳舞场了——那些野青年怕要睁大眼来看看我们哩，假如我带了一个新的对舞者来的话。”

对此亚诺儿特本想回答她几句话的，可是从场里面传出来的喧闹的音乐把他的话声吞没了。那些乐队所奏的乐曲实在也奇怪得很——乐曲之内他竟没有一个晓得的，并且向他照耀出来的那些灯火的光头也来得真亮，在起初他几乎是为此而变得眼睛也昏了的样子。可是盖屈鲁特仍旧在引他进去，到了跳舞场的中间，在那里有许多农家的少女正在一块儿的谈着话立着哩。到了这里，她才放开了他，好教他于真正的跳舞开始之先可以看看周围并且可以和其他的许多青年认识认识。

在最初的几分钟中间，亚诺儿特觉得夹在这许多不相识的生人之中，心里有点不大安泰。况且大家的奇怪的服饰和语言更使他感到了和他们的不能融洽，这一种粗暴听不惯的语音从盖屈鲁特的红唇上响出来的时候，虽然是十分地可爱，但由另外的人说来，却总觉得野暴不适于他的耳朵。那些不相识的青年可是对他都很表示着友好，他们中间的一个，并且走上前来拉了他的手说：

“你这位先生，你想和我们在一道住下去是很好的事情——我们过的真是快乐的生活，而那中间的时间呢，却是过去得很快的。”

“什么是‘那中间的时间’？”亚诺儿特问说，其实他对这话的惊异，比他对那青年的已很坚决地把这村子代他定作了故乡的这种态度的惊异还来得轻些。“你的意思是在说我要再回到这里来么？”

“那么你想就离开这里么？”那年轻的农夫粗暴地问他。

“明天——是的——或者后天——但是我仍就要上这里来的。”

“明天？——是么？”那青年笑着说——“那就对了——嗳，让我们到了明天再说罢。现在请你来，让我来把我们的娱乐指给你看看，因为你若到了明天就想走了，那么怕你到最后也没有机会看到这些的。”

其余的人都在互相会心地笑着，可是那青年农夫却拉了亚诺儿特的手引他向这屋内的各处去看去了，屋内到处都紧挤着了许多为快乐所醉的人群。最初他们走过了那间赌室里头满坐着打纸牌的赌客，在他们的面前都有一大堆的金钱堆着的，其次他们走到了有光亮的石块铺着的投球场。第三间室里是抛环与其他的游戏之室，许多年轻的少女笑着唱着在这里进进出出，并且和那些青年在任意地调情，直到在奏着快乐的曲子的乐队的喇叭突然一响，跳舞开始的信号下了，盖屈鲁特也已经到了亚诺儿特的边上握起了他的手臂。

“来罢，让我们不要落后变成最后的一对，”那美少女说，“我是村长的女儿所以跳舞一定要由我来开始的。”

“可是那乐曲的调子真奇怪呀！”亚诺儿特说，“我简直合不上拍。”

“你马上就能够合上的，”盖屈鲁特微笑着说，“在最初的五分钟之内你就可以合上了，我也可以告诉你应该怎样。”

除了那些赌钱的人以外，大家都欢天喜地地挤上跳舞厅去了，亚诺儿特只因为他手里所抱着的是一个绝世的美人心想全为这一个美感所摄取，便把其余的一切都忘掉了。

他和盖屈鲁特再四再三地跳舞了好几次，其他的青年似乎没有一个想来和他争夺这美丽的对舞女郎的，虽然在飞舞过去的当儿，其他的少女也有几次来向他调弄的人。使他感到奇异而搅乱他的心的和平的，只有一件事情，那个跳舞场的旅馆原是紧接着那古旧的教会堂的，在舞场之内大家都能够很清晰地听到那破钟的尖锐不协调的钟声。可是钟声一响，马上就会同一根魔术者的拐杖触到了各跳舞者的身上一样。乐队在一曲的中间也会突然停止下来；熙熙扰扰在狂舞的群众，也会同就在那个地方被魔术所封锁似的，站立下来动也不敢动一动，大家只是静默着一下一下地在数那长慢的钟声。而等那最后的一下钟声响完的时候呢，那种活动那种狂呼欢跳又会重新开始起来。八点钟的时候是如此，九点十点的时候也都是如此，而当亚诺儿特正想问问这一种奇特的行为的原因的时候呢，盖屈鲁特就会把手指搁上嘴唇禁他发言，同时她的样子也会变得很沉郁很忧伤，终至于弄得亚诺儿特无论如何也不敢再去苦她问她了。

十点钟的时候跳舞停了一下，大约是具有铁铸的消化器的音乐队员就走在各青年之先，走下食堂里去吃取饮食。在那里又是快乐的浓欢的再现；酒只在同江河似的乱流，以至不愿落在他人之后的亚诺儿特，不得不私私地在心里计算，计算他这一个浪费的晚上，在他的本来是并不大丰的袋里将要开成如何的一个大孔，飞出多少的青蚨。可是盖屈鲁特坐在他的边上，和他在共一只杯喝酒，他又哪里能够顾虑到这些劳心的细事呢！——更何况明天她的亨利若来，啊啊？

十一点的第一下钟声响了，那一批正在鲸吞牛饮的快乐儿又忽而沉默了下去，又是那种气也不吐一口地默默地对那冗慢的钟声的谛听。一种阴森森的莫名其妙的恐怖笼罩上了他的全身，他自己也不晓得是什么缘故，只觉得想念他在家中的老母的一个想头逼上了他的心来，慢慢地举起杯来，他遥对他在远处的诸亲爱的人儿干了一杯。

钟敲十一下时，桌上的诸人都又跳了起来。跳舞要重新开始了，大家就又都急急走回到了跳舞的场中。

“你最后的一杯是为谁饮的?”当她又把手臂交给他的时候，盖屈鲁特深沉地问他。

亚诺儿特踌躇了一下，想答又是不敢。若把真情说了，怕盖屈鲁特难免不笑他罢——但是——她在今天的下午不也在她自己母亲的坟边那么深情地祷告过的么，于是他就用了轻柔的声气对她说：

“是为我的母亲!”

盖屈鲁特噤声不答，只默默地和他走上了台阶，——可是她脸上的笑容也没有了，而当他们还没有去跳舞之先，她就又问说：

“你也很爱你的母亲的么?”

“比我自己的生命还爱。”

“她也一样地爱你的么?”

“世上哪有不爱自己的小孩的母亲?”

“假使你不能再回家去上她的身边去的时候呢?”

“那我那可怜的母亲,”亚诺儿特说——“她的心肠怕要因此而寸裂呢!”

跳舞又开始了,盖屈鲁特急迫地叫着说——“来罢,我们是一刻也不能迟延的了。”

跳舞比从前更猛烈地开始了。那些被强酒所激刺的青年,更是狂乱欢呼叫跳了起来,一阵喧嚷几乎把乐队的声音都要压倒。亚诺儿特觉得自己不愿再这样的狂乱了,盖屈鲁特也变得分外地阴沉分外地静默。可是看其他的各人呢,欢嚷只是有加而无已,而在一个小息的中间,那村长却走上了前来,亲亲热热地向青年的肩上一拍,他笑着说:

“我的好画师呀,那很不错,今晚上你请使劲摇跳你的双脚罢,我们在这中间休息着的时候正很多呢!嗳,屈鲁丫头,你为什么做了这一副阴沉的脸色——这和今晚的跳舞却不适合的呀!尽量地快乐罢——吓,又开始了!现在我却非要去找着我那老太婆来,和她跳支最后的舞才行哩。你们去入列再跳罢,乐队员又把嘴颊吹张得很大了呵!”——欢叫了一声,他就从正在欢乐的人众中间挤出去了。

亚诺儿特又抱住了盖屈鲁特,正想再去跳舞的时候,她却突然从他的怀中脱出,拉住了他的手臂只向他耳边叫说:“来!”

亚诺儿特并没有问她要上什么地方去的余裕,因为她从他的手中滑出，已急急走向跳舞厅的大门去了。

“屈鲁小丫头，上哪儿去?”有几个她的女伴向她叫着问她。

“马上就来的，”她只简洁地回答了一声，几秒钟后她和亚诺儿特已立在房子外面的清新的夜空气里了。

“盖屈鲁特，你想上什么地方去?”

“来!”——她又拉了他的手臂向村子里走了，走过他父亲的家里的时候，她就跳了进去，去拿了一捆东西出来。——“你打算怎么样呢?”亚诺儿特倒吃了一惊追问起来了。

“来!”这是她答他的唯一的话，她和他走尽了全村的房子，直到了包围着村子的最外层的围墙之外。他们到这时为止是跟着那条宽广坚实的走硬了的大街在走的；现在盖屈鲁特却从大街折向了左边，走上一堆小而且平的小山上去了，从这山上望去，那跳舞场的照耀得很亮的窗户和大门，却正看得见的。到此她立住了，将手伸出来给亚诺儿特吻捏，一边很动人地从心坎里叫出来似的说：

“请你为我望望你的母亲——再会罢!”

“盖屈鲁特!”亚诺儿特如呆了似的惊异着叫她说，“现在像这样的暗夜之中你就要如此地送我走了么?我难道有什么话得罪了你不成?”

“不是的，亚诺儿特，”小姑娘才头一次叫他的名字说，——“正正因为我很爱你，所以你非去不行。”

“可是像这样的我哪能让你一个人在黑暗中走回村子里去呢!”——亚诺儿特叹求着说,“小姑娘呀,你真不晓得我是在如何地爱你,在这几个钟头之间你已经深深地坚确地将我的心儿占去了。你真不晓得——”

“请,请你不要再说了罢,”盖屈鲁特急切地截断他的话头说,“我们还不想如此地别去哩。若那钟打了十二下的时候——大约怕已经只有十分钟了罢——请你再到那旅馆的门口头来——我将在那里等候着你。”

“这中间呢——”

“请你站在这里。请你答应我罢,答应我在那钟未敲第十二下之前绝不往左或往右移动一步。”

“我当然可以应承的,盖屈鲁特,——但是到了那时候呢——”

“那时候么就请你来。”小姑娘说,一边又伸手给他和他握别,并且回转身回去了。

“盖屈鲁特呀!”亚诺儿特用了很沉痛很伤心的声气叫了一声。

盖屈鲁特在一瞬间似乎犹疑不决似的又立定了下来,然后突然地又向他旋转了身,张着双臂把他的头颈抱住了。而亚诺儿特同时却感觉得了那美少女的冰冷冰冷的嘴唇紧紧地吻到了他的嘴上。可是这只是一刹那的事情,在下一秒钟里她已经从他的身上跑开,跑向村子里去了。亚诺儿特被她的这一种奇特的行动弄得几乎昏呆了，一边在记着他答应她的约守，一边他只直立在那一块她从那里弃他而去的地上。

现在他才初次晓得，天气在这几个钟头之内已经变过了。风在树林里咆哮，天空满被很厚很厚的在飞走的云层遮盖在那里，而一点两点的绝大的雨点却在预告着暴风雨的将次到来。

穿过了阴黑的暗夜那旅馆的灯火还在光亮出来，风自那边吹来，他还听得见一阵一阵的断续的乐器狂噪之音——但是并不长久。他在那地方不过立了几分钟，那老教会堂塔上的钟声就响起来了——同时那乐音就沉默了下去，或者也许是被那咆哮的大风所吞没了的，因为暴风在山坡上吹刮得如此厉害，甚至亚诺儿特为保持重心的平衡防止被风吹倒起见，不得不伏下地去蹲着了。

地上在他的面前他摸着了那捆盖屈鲁特从屋里替他拿出来的东西，是他自己的背囊和画筐，吃了一惊他就又将身子立了起来。钟声敲过了，暴风从他边上吹了过去，但是在村子里却一个火光也看不见了。在一忽儿之前还在吠着叫着的犬声也沉默了，从低洼的地方升起了一层厚而且湿的雾来。

“约定的时间已经到了，”亚诺儿特一边将背囊背起，一边在自对自地念着，“我还得和盖屈鲁特去再见一面，我不能像这样的就和她别去的。跳舞是已经完了——跳舞者大约现在总都已回家去了罢，假使那村长不愿意留我过夜，那我可以在那家旅馆里过夜的。——并且在这一个黑暗之中教我如何的从树林里去找着路来呢。”

小心翼翼地他又从那个盖屈鲁特带他上来的平斜的山坡上走了下去，想到那儿去走上那条引到村子里去的宽广的大道的，但是在低洼的地方的草树丛里他摸来摸去摸了半天终究摸不着那一条路。低处的地面是软而且湿像一个沼泽的样子，穿着薄皮靴的他深深陷了下去几乎到了脚膝踝上，而他以为应该是坚实的大路的地方呢，却到处都只长着低低的赤杨树丛在那里。虽然是在黑昏之中他是万不至会在不觉得的中间将那条大路跨过的，因为他若踏着了它的时候，他是一定会觉到的，并且此外他还晓得，那村子的外围墙是横筑在路上的。这一点他总不至于弄错失落跨了过去，但是他虽则心里又急又担忧地寻觅了半天，却终于寻找不着。他寻找着向前进去，地面变得愈软愈湿了，矮树草丛也愈进愈生得密，而且上面都长着了些尖利的刺针，致把他的衣服钩破，手上也被刺得淋漓都染了鲜血。

他难道是向左或向右走了开去，把那个村子走过了么？他不敢再摸走远去了，到了一块比较干燥一点的地方，他就在那里站住，打算在那里候着，候到那旧钟敲一点钟的时候再说。可是等等总是不敲，犬吠声也没有，人的声音也一点儿没有传渡过来，费了千辛万苦的苦心，身上淋得满身通湿又为奇冷的寒气弄得发抖，好容易他才又走回到了那个高一层的小山坡上，就是盖屈鲁特和他分开的那一块地方。再从这一个地方起，他也曾试了两三回，想把那从密林穿过，去寻出那个旧村子来，可是终究没有成功。疲倦得几乎要死的样子又为一种奇妙的恐怖所充满，他最后才避去了那深陷在底下的，黑漆漆的，阴气森森的低地，而寻出了一株有遮蔽的树来，打算到那里去过夜。

对他是这一夜的时间过去得真太慢了！因为为寒气逼得身上发抖，他在这长长的一夜中间一刻也不能睡着。一息不息的他只在黑暗中耸耳而听，老是觉得那种尖锐的钟声响了，但谛听一下又发现是被自己的耳朵在欺骗，如此的周而复始，他竟一夜也没有息过。

最后从东天远处有一线的光亮起来了，云也渐渐地散了开去，天上又变得净碧微明，映着星光，睡醒了的野鸟在暗沉沉的树里也轻轻地叫了起来。

金黄的天上，同带也似的一圈渐广渐明地扩张了开来，——他已经能够很明晰地看出周围的树梢来了——但他的视线却终究寻不出那个古旧紫褐的教会钟塔和那些被风雨淋灰的屋顶来。在他的面前，除了几丛荒野的赤杨树丛，和中间散点着的几枝屈曲的老柳之外，什么也没有，什么也看不见。无论是向左或向右的路线也一条都没有，在近旁简直连一个人类的住所的影子都看不见。

天色愈来愈亮了，太阳的光线射在他前面的绿色的平野之上，亚诺儿特怎么也猜不透这个哑谜，就又向山谷低洼之处去追寻了一段。他想必是在暗夜之中，当他在东寻西觅寻找那地方的时候，不自留心，竟迷失了路，从那个地方离开很远的了；可是现在他却很坚决地决下了心，无论如何想再把那地方寻它出来。

最后他却走到了那块石头边上了，他是叫盖屈鲁特坐在这一块石上来让他画那张速写图的。这一个地方他是无论如何总记得的，因为那丛有生硬的树枝的老紫丁香花太仔细地在说明这一个地点。他现在是很精确地知道了他是从哪一个方向来的，与盖默尔斯呵护村是应该在什么地方的，于是他就急急沿山谷而走回，遵守着昨天他和盖屈鲁特走过的那条路线走去。在那里他也认出了那个有那层阴郁的雾霭遮着的山坡的曲处，他与村里的头儿家房子之间，只有那丛赤杨树林之隔了。现在他到那地方了——他硬是穿了过去——可是他又陷在那个昨夜在那里迷陷得很久的低湿的沼泽之中了。

完全没有了办法，对他自己的理性知觉都怀抱了疑念，他总想勉强地走渡过去，可是那种污浊的沼水最后又逼得他不得不再去寻出一块干燥的地来走着，在燥地上他现在只能向前往后的在那里回环踱走。那个村子是完全不见了。

像这样的不得要领的努力大约总继续了好几个钟头了罢，最后他的困倦的四肢也不听他的吩咐了。他纵想再是这样的瞎寻过去也是不可能的了，起码也得先休息一下。这种不得要领的寻觅究竟有什么用处呢？等他到下一个村子里的时候，大约总很容易找一个领路的人来带他到盖默尔斯呵护村来的罢，那时候大约路总不会再弄错了。

感到了将死的困倦他就在一株树下投坐了下去，——他的那套出客穿的好衣服竟糟蹋得不成样子了！——但是现在他哪里还有顾及这些的工夫呢；他拿起画筐，从画筐里又拿出了那张盖屈鲁特的速写像来，心里充满着酸痛，他的眼睛只钉住在那小姑娘的可爱的，真太可爱的脸上，这一位小姑娘现在竟牢牢地实在是太坚牢地把他的魂灵全部都夺了去了，他发现到这一层的时候，自己也骇了一跳。

忽而他听见背后的树叶儿响了——一只狗却开始叫了起来，等他突然地站跳起来的时候，他看见一位老猎夫离他不远，站在那里很好奇似的又很不懂似的在看他那种衣服穿得很好可是样子又似很狼狈的形状。

“多谢上帝！”亚诺儿特对于在这里的遇到了这一个人，真喜欢得不可言喻，一边将那张画纸很迅速地放回画筐，一边他就叫着道：“猎夫先生，你到这里来真像是我所招请了来的一样，因为我相信我是迷失了路了。”

“嗯，”那老人说，“假如你在这丛林里过了一夜——而从这里到那边的啼儿须戴脱（Dillstedt）的很好的旅馆，只有半哩路不到呢——的话，那我也相信你是失迷了路了。只有天老爷知道，看你那样子是什么样子呀！你仿佛是头脚颠倒地从荆棘刺丛和沼泽泥里通过了来的！”

“在这儿树林之中你老先生总是通通认得很熟悉的罢？”在比什么都要紧想先知道这里究竟是什么地方的亚诺儿特这样地问他。

“我想大约总可以这样说的。”老猎夫一面点火烧旺他的烟斗，一面笑着说。

“最近的一个村子是叫什么名字？”

“啼儿须戴脱——那儿过去就是。你若上了那面的那个小小的高墩，那你就很容易看到它横在你的脚下的。”

“那么从此地到盖默尔斯呵护村有多远呢？”

“到什么地方？”老猎夫吃了一惊，将烟斗从嘴里拿开了问他。

“到盖默尔斯呵护村。”

“上帝请保佑着我！”那老人举起一副惊骇的眼色向周围看了看说，——“这里的树林我是知道得很详细的，可是那个天诛地灭的村子究竟在地底下有几千尺深，那只有上帝知道——并且——那与我们也毫没有一点关系的。”

“那个天诛地灭的村子？”亚诺儿特惊异着问说。

“盖默尔斯呵护村罢，”——那猎夫说，“自然正在那沼泽的地方，现在是正长着那些赤杨老柳的那地方，总约莫在几百年前罢，听见人说，是有过那个村子的，不过后来它是陷下去了——谁也不晓得是为什么，也不知道是陷到哪里去了；但是传落来是这样地说的，说它每一百年在一个一定的日子里要升起来在天光里露现一次的——可是基督教徒大约总没有一个人愿意遇到这事情的罢。可是天呀，在丛林里的一夜居停，你似乎过得不很好的样子。你的脸色竟苍白得同乳浆似的。来罢——这儿到我的瓶里来喝它一口，或者对你是有益的——来罢，好好喝它一口！”

“谢谢！”

“得，得，这只可以算得半口还不到——再使劲喝，好好儿的三口大地喝它一口——不错——这才是真货，那么现在你好赶快去了，上那边的旅馆去向温暖的床上息息去罢。”

“到啼儿须戴脱去么?”

“当然——再近的地方哪儿还有呢?”

“那么盖默尔斯呵护村呢?”

“请你心好好，不要再叫那个名字了罢，在我们立在这儿的这一个地方。让死者也安息安息不要去惊动他们的好，尤其是那些连安息也不能保持而老要出其不意地显现在我们中间的死者。”

“可是昨天那村子还是在此地的哩，”亚诺儿特对自己的理性也几乎失了信任似的叫着说，——“我是往那村子里去过来着，——我还吃、喝、跳舞过的哩。”

那猎夫平静地把那青年的身体面状从上至下地看了一遍，然后他笑着说：

“但是那是叫作另外一个名字的罢，是不是？——大约你是直从啼儿须戴脱来的罢，那儿昨晚上是有跳舞的，而那旅馆主人在现在造的那种强烈的啤酒，并不是个个人喝得下，禁得起的。”

亚诺儿特在回答之先，就把他的画箧开了，把那张他从墓地里看出去画的画拿了出来代作回话。

“你认得这一个村子么？”

“不，不认得，”猎夫摇着头说——“像这样低平的塔，是在这儿附近的全部地方所找不出来的。”

“这就是盖默尔斯呵护村呀！”亚诺儿特叫着说——“那么这近边的农妇所穿的衣服，有像这图上的少女所穿的样子的么？”

“哼，没有的！你画在纸上的，那又是一个多么奇怪的葬仪行列呀？”

亚诺儿特并不回答他，他只把那两张画又收回到画箧里去了，然一种奇怪的伤痛的感情却穿透了他的全身。

“你到啼儿须戴脱去的路是不会走错的，”那猎夫善意地说，因为他现在有一种隐隐的疑惑起来了，疑心这个青年的头脑或者是有点不正常的，——“假若你愿意的话，那我可以陪你一段，陪你到那个我们可以看见它横在脚下的地方；那倒与我的去路相差也不算很远的。”

“很感谢你，”亚诺儿特辞谢他说，“那边过去我自己可以寻得着的。那么只有每一百年间那个村子会浮现到高头来的罢?”

“大家是这样在说的,”猎夫说——“但是那究竟是真是假又哪一个知道呢。”

亚诺儿特把他的背囊又背起了。

“请上帝保佑着你!”他向猎夫伸出手去握着手对他说。

“谢谢,”那猎夫回答他说——“你现在上什么地方去呢?”

“上啼儿须戴脱去。”

“那就不错了——那边你走过山坡马上就可以走上那条宽广的大道上去的。”

亚诺儿特旋转了身,慢慢地在遵了他的路线前进。直等走到了山坡之上,从那里看出来,是可以看得见山谷全部的地方的时候,他又停住了脚,回转来看了一回。

“再见罢,盖屈鲁特!”他轻轻地念着说,等他走过了山岭,要从那边下去的时候,他的眼里却急涌出粗而且亮的大泪来了。

* * *

原作者 Friedrich Gerstaecker(1816—1872)是一位汉堡(Hamburg)的唱歌剧的人的儿子。他从小就跟了他父亲在东跑西走,所以受的教育也不是整整团团的。一八三七年他父亲死后,因为不想在故国过那种刻板的生活，就渡往了新世界的美国。可是美国也不是黄金铺地的地方，所以这一位移民，当几个资金用了之后，就不得不转来转去地去做火夫、水手、农场帮佣者、商品叫卖人等苦事情。一八四三年回了德国，他将自己所经历的种种冒险日录写了出来，名*Streif und Jagdzuege*渐渐得了一点文学上的成功。一八四九到一八五二年中，他做了一次环游世界的快举。一八六〇年再赴南美，一八六二年陪了一位公爵去埃及亚媲雪泥亚等处旅行，一八六七年至一八六八年又去南北亚美利加洲。嗣后就在故乡住下，从事于著作，一直到一八七二年的五月三十一日，死在勃郎须伐衣希（Braunschweig）的时候为止。享年五十六岁有奇。

他的著作共有五十余册，都系描写外国风土景物及冒险奇谈之类的，在这一点上，与德国的他的一位同时代者Charles Sealsfeld（1793—1864）有相似之处。

他于许多旅行记，殖民地小说之外，更著有短篇小说集*Heimliche und Unheimliche Ges hichten*（1862）两卷，《盖默尔斯呵护村》（*Germelshausen*）就是这集里的顶好的一篇。他的谈陷没的旧村及鬼怪的俨具人性，和蒲松龄的《聊斋志异》很像很像。不过这也是德国当时的一种风气，同样的题材，W. Mueller，Heine，Uhland诸人的作品里也可以看到。

译者所根据的，是美国印行的*Heaths Modern Language Serie's*的一册，因为近来在教几位朋友的德文初步，用的是这一本课本，所以就把它口译了出来，好供几位朋友的对照。任口译的中间匆匆将原稿写下，想来总不免有许多错误，这是极希望大家赐以指教的。

一九二八年十月

幸福的摆

（德）R·林道（Rudolf Lindau）

一

多年的不见，海耳曼·法勃里修斯几乎把他们老友亨利·华伦忘记了。但是在大学里念书的时候，两人却是最要好也没有，曾经几次的设誓同盟，愿结为永久的朋友的哩。这是正当那一个时期里的事情，在这时期里青年是确信着“永久的友谊”的可能，而各自以为将来总有一番大业可成，或各自以为有一种天禀的奇才的，曾几何时，这一个时期也已成了过去，仿佛已经是去我们很远的样子。——现代的青年却聪明得多了。——可是当法勃里修斯和华伦的学生时代，两人都还幼稚得很，不但只在置酒高会的中间，两人欢饮着愿结为兄弟的誓酒，就是后来，在清醒的时候，也确信看他们将一生的如兄如弟，欢联过去，无论如何，总不会分离远隔的。

但是这一种无邪的狂热也只持续了不多时。等他们一长到成人，生活的铁手就将他们抓住，一个到东，一个到西，两人就被抛作了分飞的劳燕。——别离之后，几个月中间。他们原也曾常通详信，后来且也曾见过一次面的。可是两人终于睽隔了，信也渐渐儿地少了下去短了下去——终而至于闻问不通。对于一个朋友，虽感着满腔的热爱，但终日营营，竟没有工夫写十几行信的事情是常有的，一边对于能给人谋一点好事情的路人，我们却可以天天留下许多时候来招呼他。我们的如此，也是万不得已，于我们为人对友的诚挚正直，是毫没有关系的。——当这篇故事开场的时候，法勃里修斯已经记不清两人之间，究竟是哪一个写最后的一封信的，已经记不清，将从前的这样热心的通信切断者究竟是哪一个了。总之，两人间的书信已经断绝了许久，一年年地过去，从前是在面前活跃着的旧友的面貌，也一年年地消弱了下去模糊了下去，到最后几乎是完全忘记了的样子。——有几次，住在一个有大学校的都市里，在那里当教授，当著作家，曾博得了些相当的声誉的法勃里修斯，常常遇到一位学生，这学生分明是住在他的左近的。他头上有褐色的，卷曲的头发，脸上有一双喜乐勇敢，向世间直视的澄蓝的眼睛，年轻的嘴角更浮有一种和蔼可亲的微笑；一张白脸，不狡不伪，是真与信实的象征，使你可以信他，他也可以信你，在他眼睛里映射着的是莫名其妙的一种可以使你快乐的神情。法勃里修斯每遇到这一位青年，他总自然而然地会对自己说："十五年前，亨利的神气，也正是这一个样儿”——于是在几分钟间，他总要追思往昔，渴想和旧友华伦再谋一次见面的机缘。于这样的遇见着这青年之后，他也曾几次的发意，想对这一位行踪消失的友人的情状，去打听个明白；——可是屡次三番，这终不过是一个想头罢了。等回到了家中，他就有在桌上堆着的不得不阅读批评的新著，来催促原稿的出版所的书函，和要决定去否的招宴的请柬等看到——总之，日常的琐事，要马上裁决的事情，实在太多，在他能有工夫再想到华伦身上去之先，总已经是时间变得很迟，身心也已经在倦极的时候了。——在大多数人的生活里，时间总是这样地安排着，总只够做做必要的事情——或者以为是必要的事情——而已。

有一天午后，法勃里修斯和平时一样，到五点钟左右，走回家去的时候，听差的交给了他一封有美国邮印的来信。在未开封之前，他很注意地用了脑筋察看了一番。——封面上写地址的那种粗大不驯的字体，是很熟的，可是一时他却想不起来这究竟是谁人的笔迹。但忽然他脸上露出喜悦的形容来了：“这是亨利的来信!”他叫着说。信内只写着短短的几行文字：

亲爱的海耳曼!

我们两人中间，至少是有一个人成名了，这是何等荣幸的事情。在一本书上，看见著者的名氏是你的时候，我就写了一封信去给那位替你出版的人，多谢他的好意，他立刻就写了封回信给我，因此我晓得了你的住址，现在能够告诉你了，我将于九月底回到故国的汉堡市来。请你写一封信到那里的邮局里存着给我，告诉我愿不愿我来和你聚晤几天。我于去故乡的途中，要从你现在住的那地方经过的，你若愿意和我相见，到时候我就可以下车来看你，在我是最喜欢也没有的事情。

你的老友亨利·华伦敬上

信后有一句附言——“这是现在的我”——法勃里修斯将一个附封的封袋打开来看，里头是一张相片。他拿了相片走近窗前，充满着沉痛的忧思，对此呆看了多时。相片上分明印着一位老人的面貌：虽则是很多很长，但已经是灰白的头发；一个阴郁的前额；深深凹进，有一种阴惨不安的目光凝视着的两眼；紧闭住的，有两条深纹锁着的那嘴角儿上，显然呈露着一种悲痛的形容。

“可怜的华伦！——他就变了这一个样子了么！——他比我还小一岁。还没有满三十六岁哩。”

法勃里修斯走到了镜子的前头，看了半天自己的相貌。当然，这面貌没有像他手里的相片上的面貌那么憔悴，虽然这也已经不是一个少年的相儿了，这也绝不是一个无忧无虑，乐天玩世的相儿。他的目光并不觉得阴惨迟钝，但也已经是衰弱倦息了，嘴角儿上，和华伦的相片一样，也呈露着两条沉重的深纹。

“啊啊，两个人都已经老了，”法勃里修斯叹了一口气说，“我却有好久不曾想到这件事情上去过。”——于是他就坐了下来写信给他的朋友，告诉他说，自己因为两人不久可以相见，对这事情的喜悦正是没有言语可以形容。

第二天在街上，他却又遇见了那个常常使他想起华伦，有褐色的头发，和正直的喜笑的眼睛的青年。

“二十年后这一位青年大约也要变得和现在的我的那位老友一样的，”法勃里修斯自己对自己说，——“我们的生活，知道这玩意儿，能将活泼的眼睛弄成忧郁的，微笑的口嘴弄成皱纹很多的。——像我那么总算也还不坏，……虽然也说不上什么特别的好。自己总算平平地过去了半生；时常在这里感到一点满足，在那里又感到一点苦闷与忧心。我的青春就这样的消逝了，也不曾成就些特异的大业，也不曾遭遇到些什么。”

十月二日，法勃里修斯接到了一个从汉堡来的电报，在这电报里华伦通告他说，他将于翌日午后的八点左右，到L……市来。到了时候，法勃里修斯为欢迎老友的到来，亲自去到火车站的前头。他看见他慢慢地，不能行动似的走下了车来，于走近他身边去之先，他又很仔细地审视了他一回，看究竟有没有认错。——他的这种衰老的样子，比相片上的更衰得多老得多了。穿的是一套灰色的行旅的衣服，在他的瘦而且长的身上，这套衣服飘飘然地松挂在那里。一顶阔边的帽子，这顶毡帽把他的额角和眼睛遮隐了。他向周围寻视了一回，似在寻找法勃里修斯的样子，然后慢慢地拖了疲倦的双脚走近了出口之处。法勃里修斯迎上去接他，华伦看见了他，一眼就认识了。一脸光明的，带有青年味的微笑在他的憔悴的脸上闪烁过了，很欢喜地，深深被感动地，他对他伸出了手来。

一个钟头之后，他俩坐在法勃里修斯的潇洒的屋里，在用俭约的晚饭了。华伦吃得很少。不过法勃里修斯却起初很惊异地，后来又不安地看出了一件事情来，就是这一位往年他当他做有节制的模范看的朋友，喝酒却过分地在喝。酒对他似乎是消失了醉人的效力的样子。他的苍白的脸上一点儿也不红起来，他的目光仍旧是冷冷的，在凝视似的，他的说话仍旧是很沉静，很缓慢，并不沉重起来。

侍食的使女，将杯盘收拾了去，把咖啡摆上桌子之后，走出房外去了。法勃里修斯安置了两张椅子，对他的朋友说：

“噢——现在我们只有两个人了。您且点上支雪茄抽口烟罢，在这张椅子上宽坐宽坐，将你在我们不会面的几年中间的事情讲给我听听。”

华伦推开了烟匣。

“你若不反对的话，”他说，“那我想将我的烟斗拿出来吸一筒淡巴菰。已经是习惯了，我觉得淡巴菰比最上等的雪茄味儿还要好些。”

说完他就从一只破旧的箱盒里抽了一支熏黑的，短短的木制烟斗出来。在这烟斗里他很有规则地将一种苍黑油润的淡巴菰装了进去。细心地点上了火，很响地啪啪吸了几口，吹出了几个大烟圈在面前的空气里后，他很明显地觉得满足似的说：

“一间很清静的房间——一位老友——食后的一袋烟——并且又不必愁明日的生涯！啊，真好，真好！”

法勃里修斯从旁边打量了一回他这朋友，觉得有点奇怪起来了。这一位瘦而且长，头发灰白，眼睛暗淡无光，老在凝视似的人，这一位身体略向前屈，搁起腿儿，坐在自己的边上吸烟的人，哪里有一点像自己的少年朋友亨利·华伦？他是完全变了别一个自己所不认识的人了？法勃里修斯觉得有点奇怪，害怕起来了。——同时在他的心里又引起了一种深切的同情。使他变得这样，——把他的形状都换过了的他的身世，一定是如何的残酷，如何的悲惨呢。

“喂，”法勃里修斯把因使女的时时来往而打断的话头重新接起说，“您且说说看！——我们不会面的几年中间的事情。——或者您想先听我的自述么？”他很想将谈话弄得活泼一点，轻快一点，而在努力，但是他觉得，这努力终于不能够成功。

华伦尽在热心吸烟，不回答他。在这静默的中间法勃里修斯感觉起苦痛来了。他对于这一位他招待到自己屋里来的，很熟的，同时又觉得是别一个自己所不认识的客人，忽而感到了一种恐怖。最后他就鼓着勇气又说了一遍：

“喂，究竟你愿不愿意讲给我听，或者还是让我来先说罢?”

华伦轻轻地一笑。“我正在这儿想，”他说，“怎么回答你。——事实上，我却并没有什么可以讲给你听的。真奇怪得很，我自家想想看——这是我这一忽儿的默想的原因——我觉得在我的全生涯里并没有什么使我怀抱过苦闷。——你说我是多么蠢笨的一个傻子啊！说到这一个‘并没有什么’——就是我的生涯——的享受，仿佛又是很不容易而且正因其如此仿佛又是十分有趣似的。总之我并不曾吃到十分的大苦。原是，我在无论什么地方也绝不曾有过什么的成功，可是我却也知道，在这一点我比成千成万的旁人也并不一定是更坏。烧烤好的鸽子当然没有飞到我的嘴里来，我也不曾得着过大白鸽票的头彩，我历来就辛辛苦苦只以勤劳去糊了半生的口，我也曾如一般人之所说，有过一次‘不幸的恋爱’。——这是很久很久以前的事情——我早已安之若素了。这些事情现在早已不能够苦我。我这一忽儿觉得不平的，只是我的整个的生涯竟这样的没有欢乐，没有愉快地白白消失了去的一点。”

华伦停了一停，然后又慢慢地沉静地继续着说：

“没有几年前头，我还老在想着，事情或者会变一变过，或者会变得更好一点。我还正年轻哩，时运可实在不好。那时候我在纽约州的一个学堂里当薄俸的教员。在那里我将我能教的东西都担任了，凡我所知道的及因为要教所以同时不得不学的东西，如希腊文、拉丁文、德文、法文、数学、物理之类，并且在我的所谓闲空的时间里还有音乐。一天到晚，我简直没有一刻休息的工夫。一群闹得很厉害的，淘气的小孩子们包围着我，他们的唯一注意的工作，就是当我在教他们的时间中间，指摘我对他们所说的英语的错误。——到了晚上我就变得死也似的疲倦。——可是我在睡着之前，总有三四十分钟要开着眼睛做许多豪奢的梦。于是我就看见我自家处在一个幸福的、特异的境遇里：我得着了大白鸽票的头彩，烧烤好的鸽子突然会从空中的各方面飞到我的身边来，我变得很富有，很有名，很有势力……真是！……我使全世界，或者说爱伦·琪儿玛罢，因为她就是我的世界，惊异。——喂，海耳曼，你有没有和我一样的做过这些可笑的笨事情过？你有没有开了眼睛梦见过你自家已经成了内阁首相，百万富者，现代世上最大文学作品的著作人，得胜的元帅，议会里的政党首领或其他与此相类的人物？我是通通经验过了……当然是在梦里。——嗳，item，那真是最华美也没有的时代！

“我刚才说过的爱伦·琪儿玛，她是全校中最不喜欢读书的，一个我的学生的姊姊。可是这一个顽皮孩子的父亲，还在强硬地主张要他儿子学得些学问。于是在校里有大耐性之誉的我，就被选作对此事负责的人，当然报酬是很优的。因这一个机缘，我就被介绍到琪儿玛家屋里去了，又因为我偶然流露了些音乐的技能——你总大约还能记忆罢，除了专家之外，在平常的音乐爱好者中间，不是我弹钢琴弹得很好的么？——因此我就为教弗兰息斯以语学，教爱伦以音乐的原因，日日在琪儿玛家里进出了。

“老友，先请你把这环境想象一下，然后再请你笑我的痴愚，和我自家已经千遍万遍地笑过自家一样。你瞧，对手方面呢，——就是琪儿玛家的一方面呢，——有千万的巨富和与此不相下的自负骄矜。一位很狡猾而伶俐的父亲，一个虚荣心很大而最喜夸饰的母亲，一个他们一家的希望所钟的顽皮淘气的儿子，一个如花美丽，很有教养，举止娴雅，而且是理性丰富的十九岁的女儿。——还有一方面呢，是二十九岁的博士亨利·华伦先生。——在梦里呢，他是一个划时代的哲学著作的著者，或者北军的得胜将军，或者联邦共和国的大总统，虽然照美国的法例，大总统必须是在美国出生者方有资格，而亨利是在查儿河上的泰儿培出生的；——在实际上呢，他是一个七十块金洋一月的爱儿米拉高中的教员。——大约你总相信罢？我最初对于自家的这没有希望的癞虾蟆想吃天鹅肉的身份的可笑，是知道的这一件事情，你总相信罢？——当然我是明了的。我在不做梦的时候，也是一个很有理性的人，读书读得很多，自知也很明白，绝不会失进退之度的，我又不是疯了，哪里会想我自家有和爱伦结婚的可能的呢？我很明白确实地知道，这事情的不可能，和我的不能够做美国联邦共和国的大总统一样。——可是呵，我还是在那里做梦，在那里痴想和这位百万豪富的女儿结婚，——话可又要说回来了，对我自己公平的判断起来，觉得我个人的这情热，并不是对一个什么人有什么妨害的。将此情热在我的脑中蓄养，在我是一种秘密的，无邪的享乐。关于这事情，我也绝不想对人说出来，如关于我的梦想我自己做了朴督马克的总司令等一样。但是聪明的爱伦，对于我这缄默的，秘密的爱情，似乎有些看出来了。虽然她并没有片言只语，或一眼眼色流露出来表示她的晓得我对她的状态，可是我却毫无疑念地确信着她看出了我的隐衷。她的这种谨严不露声色的态度，只有一件小小的偶然的事情，对它反叛破露了一次。

“有一天我看见她眼睛哭得很红肿。我当然不敢去问她，是什么苦得她如此。她当听讲的当中，也是十分错乱不注意的样子。我教完了正想走的时候，她却把眼毛低下，眼睛审视着地面对我说：‘我，我恐怕这学课不得不休止些时候了。这在我是很怅恨的。我只，只祝望你的好，华伦先生。’——说完她对我看也不看一眼就很急速地走出房外去了。我如同听到了一个晴天的霹雳。这几句话，她讲话的那一种凄楚的音调，究竟是什么意思呢？到了第二天，弗兰息斯来传达他爸爸的客气话后，告诉我说，他也要得四天的休假，在这四天之内我可以不必到他家里去，因为他姊姊和一位纽约的富商霍华德先生订婚，屋里将要设盛大的宴会的缘故。——到此我所猜不透的哑谜方才被他说破，而我到此时为止把我的生活甜蜜化的梦想也告终结了。

“根本地说起来，爱伦的结婚与否，和林肯去后约翰生的继他而被选为美国总统等事情一样，对我是并没有什么不幸之可言。她的出嫁，美国总统的更换等，以理性说起来，于我有什么丝毫的关系呢？可是，朋友，你却想不到这一件事情——我说的是这一次的婚约——对我是如何的一个大打击呀。我的全部的‘一无所有’忽然显示在我的面前。我的空中楼阁都倒毁了下来。我终于看到了在实世间的我自己：一个学校的教师——既没有过去的功业著作可以夸示于人，在现在也没有一点人生的乐趣，对将来呢，更是一点儿希望也没有了。”

在讲话的中间，他的烟斗已经熄了。华伦很仔细地把烟斗里的残烬清了出来。于是他就从袋里拿出了一块用果汁制过的甜味板烟来，用小刀切下了正足装一筒用的烟丝之后，他就装进了烟斗，点上了火又重新很舒服地在吸了。在这样装点的中间，他并不说话，只轻轻地在齿间吹了几声口笛。法勃里修斯也同样地不作一声。停了一忽，很快很重地抽了几口之后，烟斗里啾的烧得很旺了，华伦又继续说：

“我在一个相当的时期内觉得非常的懊丧。并不是因为失掉了爱伦——因为一个从没有得到过什么，绝没有得到的权利的人，是不会感到失掉的——却因为我自己的那一种幻像的消失。我吃尽了无数的自知之树的果实，尝尽了这些果实的无限的苦味。——我离开了爱儿米拉，到别处去寻我的幸福。我对于我自己的职业问题是很有把握的，并且从实地的经验上我也知道如何能得到最高的薪俸。我在职业上从没有过失业的事情，渐渐地一处一处我在美国的六七州里飘泊着教书也得到了相当的成功。我现在已经记不清了，曾在哪些地方教过书，在萨克拉门多，在芝加哥，在圣路易，在新西奈底，在波士顿，纽约……各道各处——各道各处。我无论在什么地方总只见到一样的淘气的，偷懒的学生和一样的希腊拉丁文里的规则和不规则动词。假如你想见到一个对学生及古典语文法完全厌倦了的人的时候，那你只看我就对了。

“在无聊闲空的时间里——虽则我做的事情很多，但我却总有这些闲空无聊的时间的——我就把我浑身的注意力投入到了哲学问题的思考里去。我的抽烟抽得很多的习惯，就是在这些时间里养成的呀……”他忽而停住不说了，仿佛是在追思什么的样子，双眼呆呆地只在向空中凝视。然后用了他那只瘦骨棱棱的手向额上的头发掠了一掠，又慢慢地茫然自失似的重复着说：“嗳，抽烟抽得很多……我还得了些另外的习惯，”他又比较快一点继续着说，“但是这些和我所说的故事却无关系的。”

“将我的时间的大部分占去的，是一个我所发明的所谓‘幸福的摆’的摆动原理。从这一个原理里我得到了安稳的觉悟，幸赖着此我一时方得安身立命，而今天你才得见到我这一副心平气和的样子。我常常自慰着说，我的大大的不幸——假如许我将我的心境没有客气地这样命名的说话——是从我自己的过分的奢望，希望着过分的幸福，而来的。——假如一个人在梦里将自己抬得这样高，变成了一个世界有名的人物，变成了爱伦·琪儿玛的男人，那醒来的时候于双脚得再踏实地之先，不得不深深地跌坠是应该的，这并不是一件奇事。假如我在我的希望里更安分谦抑一点，那这希望的实现当然要更容易，而最坏的幻灭，至少也更要减少一点苦味。——从这一个据最近的经验看来是明确的根本原理讲起来，我可以得到一个像底下那么的论理的结论，就是在人力所能做到的范围以内，想避去不幸的最上法门，是竭力的不要去希望幸福。这原是耶稣降生以前几世纪的先哲们所发现的真理，我也不想把这古代的思想据为己有而要求发明特许之权。可是将这真理表示出来的一个征象，至少我相信是我的发明。”

“请你给我一张纸和一支铅笔，”他朝向坐在边上的法勃里修斯继续着说：“我只须画它几笔就能够将这原理表示得非常简单明白。”

法勃里修斯不说一句话，将他朋友所要求的纸笔递给他。——华伦在纸上画了一个大大的，向上开的半圆圈，在这半圆中间画了一个向下垂直的摆，这摆的下端，正与半圆的底点相触，在时钟的圆面上，这正是Ⅵ字的地方。向右手的边上，自下面画起，在时钟的Ⅴ，Ⅳ，Ⅲ字等地方，他各写了这几个字：“守分的愿望”——“热情的希求，功名心”——“对幸福的过分的渴想，夸大狂。”——将纸又移回来，向摆的左手，自下而上，在时钟面的Ⅶ，Ⅷ，Ⅸ等字的地方，他又写了“怨恨和不平”——“苦恼，痛苦的幻灭”——“绝望”几个字。最后在摆的下面正是Ⅵ字的地方底下，他画上了一个圆圆的粗点。他一面很自在地微笑着，一面又在细心地用铅笔在这一点里画上阴影去。在这一个底点的下面，他写了这几个字：“死点。完全的静止”。

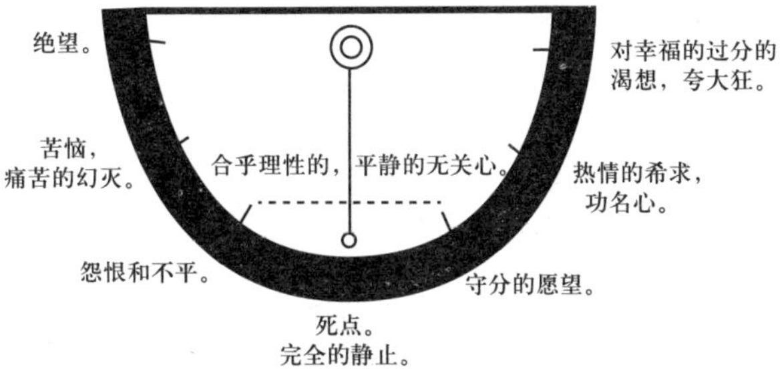

幸福的摆

他然后把头歪在一边，眉毛蹙得高高，仿佛是要吹口笛似的，把嘴尖起，很注意地将这图看了半分钟于是他又说：“这罗盘针还没有完全在‘死点’和右边的‘守分的愿望’与左边的‘怨恨和不平’之间，是属于一条美丽的‘合乎理性的，平静的无关心’线的……但是这图，即使像现在的样子，已尽够阐明我的定理了。——你信从我的意见么?”

法勃里修斯只沉默着点了点头。一种深沉的哀思，已经笼罩上他的心身了。他又举起眼睛来凝视了一回他的这位少年时候的挚友。对这位挚友，他从前是曾经祝望他有一个伟大的将来的，就是现在，法勃里修斯也还只在祝望他的好的，而他却变成了一个可怜的偏执狂者了。

“你瞧，”华伦很沉静地继续着说，仿佛他是在向一群注意听讲的学生们讲科学讲义似的，“假如我现在轻轻地将这幸福的摆向右手举起，正举得触着‘守分的愿望’之点那么高，然后就撒手放下，那这摆当然只会走回向‘怨恨和不平’之点，这一点它再也不会越过的。它将在这两点之间的‘合乎理性的，平静的无关心’线上摆动些时，最多也不过摇动一生的时间，然后终将止于‘死点’而变成‘完全的静止’。——这实在是安慰我们，使我们心平气和的一个想头！”——他静止了一忽儿，像在等法勃里修斯的反驳似的。可是法勃里修斯只呆呆地沉默着没有说话，所以他又继续说：

“你大约现在总已经了解了罢，我底下所想说的结论。假如我将这摆举起，举到‘热情的希求’或‘夸大狂’等点的时候，那它一定会摇回到‘苦恼’或‘绝望’上去的。这事情是明显得很的，是不是？”

“是的，明显得很的。”法勃里修斯只悄然地沉郁地回答了一声。

“是呵，”华伦热心地继续着说，“可惜我把它发现得太迟了。如我已经和你讲过的一样，我在梦里所想的事情，实在是非同小可。我想做共和国的大总统，打胜仗的元帅，世界有名的学者，爱伦的丈夫。——哼！——一个应该安分的人哪。——你说怎么样？——我和妄想狂者似的把那幸福的摆举得太高了，所以它突然地从我这双无力的手里滑落的时候，就飞打了过去，不得不摇半个大圈而回到‘绝望’的地方去了。——那真是些艰险，苦痛的时间呵！——我希望你没有这样的苦过，如那时候的我一样。——我真如同在一个恶梦里做着人的样子……真如同在一种最难过的恶醉里……”他的言语又同先前一样窒塞住了。忽而他又狂暴地高笑了起来……“呵呵！真如同在一种恶醉里！——我就拼命地喝起酒来了……”他的因狂笑的痉挛抽缩得阴险怕人的颜面到此又突然变得很认真而高雅，并且全身战栗着说：“一个人当有自觉地沉沦下去的时候，实在是一件可怕的事情。”——他沉默了好久，然后又重新把他的烟斗装满，移转身体向着法勃里修斯问说：

“关于我一生的事情，你已经听够了没有？或者你还想听听这一段故事的结局罢？”

法勃里修斯又悄然地回答他说：“听你这样的讲，实在使我伤心，但是请，请你说下去罢，或者说完了倒反好些。”

“是的，把我心里的郁积倾吐一次，或者是要好些……所以我就吃上了酒……这一种轻贱的自暴自弃的习惯，在美国是很容易染成的……有几处地方，我就为此而不得不抛去我的位置，因为他们觉得我的品行已经是不复可敬了。可是寻一个新的位置，是一点儿也不费力的。我从来没有感到过经济上的穷迫，虽然我的生活也并不是过于富裕。我所要花的钱本来是不多。到此我衣饰也不讲究了。书也不再买了。——离开爱儿米拉的一年半之后，有一天，在纽约的中央公园里我忽而撞见了爱伦。她结婚之后，已经有十五个月了。这是我晓得的。她一见我就认识了，来招呼我，和我说话。那时候我真想往地底里钻下去。我晓得我的衣冠是褴褛得不堪，样子是很潦倒的。我心里相信，我的甘心自愿的堕落，她一定已在我的脸上看穿了。但是她并不说一句话，或者她是不愿意说。她伸出手来给我，并且用了她那种柔和的声气对我说：

"'我真喜欢得很，我们终究又遇见了。我曾经问过父亲，问过弗兰息斯以你的事情；但他们都不晓得你在什么地方。我十分诚恳地请求你，请你在这一个冬天再来教我些音乐。你晓得我的住址罢——'她就把她的住址给我。

"我对她这些和蔼的话，只嗫嚅地做了几声惑乱的回答。她很情深地微笑着朝我看看，忽而又变得很诚挚地同情似的问我说：

"'你莫非病了么？我觉得你仿佛是很憔悴的样子。'

"'是，是的，'我回答说，心里很欢喜，因为我却找到了一个可以遮掩我的潦倒的外观的口实了。'我是病了，现在还

没有复原哩。’

“‘这这真使我难过，’她轻轻地说。——法勃里修斯，请你轻笑我！请你痛骂我这不可救度的愚人！可是我可以赌着咒告诉你，在她的眼睛里我的确看出了些超出乎平常一般的，虚文的同情以外的东西来。这一种为我愁虑，对我怜惜的柔情，在她的眼光里闪耀着。我觉得全身被一种不可言说的苦痛紧扎住了。啊啊，我究竟造了些什么孽，要受苦到这一步田地呢？痛饮，不安，失眠的夜晚等竟把我弄得成了一个毫无自持力的病弱者了。我踉跄倒退了一步，惑乱地注视着她。这中间大都会的繁殷的生息正和潮水似的在我们的周围汹涌着哩。

“‘你马上来看我，你一定马上来看我，’这样很快地说着，她就不由自主地走开去了。我看见她走进了一乘车子，她分明是从这车子里出来到公园来散步的。我注视着她，又看见她那张灰白的颜面伏出在车窗外头，当她临去经过我身边的时候，还在车窗外对我用了惊愕，凝视的眼光在呆看。

“我走回家来。我的回家的路线是要经过她的住处的。她住在一所宫殿似的大洋楼里。我闷坐在一间可怜的客舍的小房间里又做起梦来了：爱伦是爱我的，她是在叹美我崇拜我的，我还没有把她失掉哩。那个摆又高高指上疯狂的期待上去了。

“老友，你若能够的话，那请你解释给我听，这究竟是怎么一回事？一个很有理性，很沉静的人，——因为我在日常生活里总是很沉默，很有理性的；就是在离开他们以后的今日，而那些八年间我曾经寄住在他们中间，正直勤劳以教授希腊拉丁文而糊过口的各学校委员们的眼里，我也还是一个沉静而有理性的人，——请你解释给我听，这究竟是怎么的，就是像这样的一个沉静有理性的人，有时候虽明明自家知道，可是终于会完全变成一个疯子的，这究竟是怎么一回事？——你的说明，也可以说是我的辩解，我极愿意承认，这一种状态确是一种神经病的预兆，其后我就为这病所缠住，不得不在病床上卧睡了许多个礼拜。

“病渐恢复的中间，我又变得很沉静而有理性，可是我的青春的生命也就此完结了。在两个月的时日之内我竟老了二十岁的年纪。我离开病房的时候，就变得衰老龙钟，像现在的样子了。我的过去，虽则是这样空虚而乏味的，却成了我的生涯的全部。现在我已经没有什么事情可以做，没有什么可以希望，没有什么可以渴想的了。已经是黄昏的世界了，熙扰和火热的白昼已经过去了，境地变得凉爽清平。那个摆只是懒懒的在一个短小的距离内在那条‘合乎理性的，平静的无关心’线上摇动了……我却真想知道知道，那些在世上成就功名，达到他们的目的的人，那些真的成了得胜的元帅，内阁的首相，和其他与此相类的伟人的人，心状究竟是怎么样的。不晓得他们在人生的晚境，究竟能否感到一种得意的满足而休止，不晓得他们是否也只感到一种奋斗的疲倦而并没有胜利的喜悦，也只懒懒地退出那人生的漩涡。——难道无论哪一个人，为幸福这一个刑罚所禁止，就不能下降到他的内部深处，去算清他的以消耗生命而换得的东西的么?”

华伦静默了好久，只沉浸在痛苦的沉思里。然后他又轻轻地继续着说：

“我对于爱伦的招请，当然，没有应她。但是她不知从哪里寻得了我的住处，并且也知道了我的害病。——这可并不是一幕浪漫的恋爱情景。我的床前，并没有她的辉耀的倩影前来看病，我在我的发热的乱梦里，也没有觉得她的冰冷的素手按上我的火热的额头上来。我只在病院里调养，并且他们也看护得我很好，我在那里叫作第三百八十二号，而这冗长的故事全部，也只是一件疏散无味的东西。——可是到了我想脱离病院对那慈和的院长诀别的时候，他却交给了我一封信和五百元金洋的一张支票。在那个封筒里有像底下那么的一张信：

> 你的一位老朋友，请求你将封入的金额接受，当作他借给你的款子，等你病好之后找到了工作，再每月的还他，每月付到这病院里来。

“——这信是不署名的！

“这事情明明是对我的好意；可是却也使我痛心得很。我当然不得不辞却这金钱的惠借。假使我让一位我所热爱过而终与他人结婚的女人来帮助我，那也就是大大的过失。

“我就问那个当我在读信的中间很得意地笑着在旁边观察我的院长，问他晓得不晓得，这发信人是谁。他回答我说不晓得。但是我却明明知道，他是在对我保守着秘密。——我想了一忽，然后又重新问他，问他能不能替我转送一封信给这位写信给我的人。这一件事情他答应了。于是我就对他说，明天可以将那信交给他的。

“我想了半天，想这封信将如何的写法。一边我在心里却一点儿也没有疑念，知道这将钱送给我的一定是爱伦。对此好意我却不愿意有所辜负，我真不愿意伤坏她的感情。可是我终于写定了一封信，现在就我的记忆所及，大约这信的内容是如此的：

> 我真感谢你得很，但是你借给我的钱，我却不能够收受。请你心里不要难过，因为我将钱送还了给你。你的为此，明明是为了我的好。以后我将努力的为人，使我不至于辜负你这一种深情。请你相信我，在我心上将永远保留着你的记忆。你的好意我是没世也不能忘记的。

“将这信交给病院院长之后没有几天，我就离开了纽约到了美国西岸的散弗兰西斯珂。——往后好几年我没有见到听到爱伦·琪儿玛的事情。她的印像也渐渐地消弱了下去。我已经把她忘了。我并且也忘记了我是曾经有过年轻的时代的。我是老了。——那条暗淡的河流，将载着我和我的幸福的小舟并无激动很和平地流送到那个最后是无人不去的神秘的海里去的那条暗淡的河流，不过在一个荒凉的大漠里经过了它的流程。我所航过的河流两岸，只是惨淡怖人的单调罢了。我是，啊啊，极端厌倦地站在这扁舟的——人生的舷上。——我从没有故意地做过恶事。美的物事我是爱的，善的事情我是想勉力做的。——为什么我会这样的感不出人生的乐趣来的呢？我对于可以冲破我这只船底的岩石，对于能将我卷入河流深处去的涡漩，倒反想祝福它们。——到我听见爱伦的婚约那一日止，我还老是相信，我的生活将于明日重新开始。这一个明日到了，可是我的新生活仍没有开始——而我的生涯已经是完结了。”

华伦现在说话说得这样地轻，弄得法勃里修斯要听他的话的时候不得不耸肩努一番力了。与其说他是在和他的朋友说话，倒反不如说他在和自己说话更像些。他将右手的食指高高举起，指示着一个摆的摇动，从右到左的在空中慢慢画了半个短圈。然后将手指指上那个在纸上他所画过的黑点，轻轻地说：“完全的静止……我只希望，各事都快点过去。”

一个长时间的静默继续了下去，终至法勃里修斯因难耐而破了这个沉默。

“那你又怎么，”他问说，“决心离开美国，回到欧洲来的呢?”

“是的，不错，”华伦忽而同惊醒似的回答说，“还少个所谓结尾罢。本来我这故事就没有结局的……和它的也没有冒头是一样。这故事所述的不过是些无形状的，无目的的事情罢了；并不是人的一生，却只是人的丧生——死。——但是你若还没有疲倦的话，那我还可以依了年代的顺序继续说下去。”

“请你继续说下去。”

“是的……我在美国各处流浪了好几年。那个幸福的摆是很有规则的限制住了。它只在很容易达到的‘守分的愿望’和不再长时苦我的‘怨恨和不平’之间摆动。——我开始了一种安静的简易生活，人家都把我当作一个怪人看了。我只勤勉忠实地做完我的义务责任，旁人的事情一点儿也不去闻问了。一到了我的钟头教完闲空下来的时候，我就一个人走出市外到最近的树林里去休卧在大树之下。一年四季的时间，在我是一样的；养花的春季，丰股浓绿的夏天，悲哀的秋日，荒冷的冬时，在我都是一样的好的。我总只觉得树林的可爱。静默的树林我觉得是世界上最美的东西。在树林里有一脉和平之气会吹入到我的心里来的。我变得非常地和平安静了，对于在我周围的事事物物毫不关心，甚至于成了这样的一种习惯，变得凡对关于我的无论何物，和对向我提议或劝止的无论何事，我都只回答一个‘很好很好’。我自己却毫不曾注意到这一个回答，这一个字是非常自然地流到我的口头上来的，到了有一天一位同事对我说，在校里人家给我取了一个绰号叫‘很好很好先生’，我才觉得。——人人对我这么一个从来也不曾遇到过好事情的人，叫我‘很好很好’，岂不是一件很滑稽的事情么！

“现在我只须告诉你一段最后的小小的冒险，我的故事就可以算完结，希望来听你的了。

“去年我偶尔到了爱儿米拉，是学校里休假的期中。我没有什么事情好做，口袋里还存着几百块的金洋钱在那里。我决心再去看一遍我那悲喜交感过的背景故地。自我离开那里之后已经有七年了。我十分有把握，确信着在那里再也没有一个人能认识我了，并且即使被他们认出了，在我也更有什么要紧？

“当我在市上走了一圈之后，看访了一回我曾在教书过的学校和爱伦·琪儿玛住过的邸宅以后，我就走上那个市外的小公园去，在这公园里当我年轻的当日，曾经消磨去许多幻想的时间，并且那园里的一草一木，我当时也都认识的。那些我在那里的时候都还是矮矮的小树，现在已经长成了摩天的大木了。树木中长成大树的也不是全部。这里那里有几株是枯死了的，有几株是被砍伐了的。——那是新秋的九月——将晚的时候。太阳已沉落在西天，红红的眩目的夕照阳光，穿过了苍黑的树枝在那里闪射。——在一棵树下的椅子上，有一个暗黑的人影坐在那里。无情无绪地走近了那黑影的身边，我真吃了一惊，我马上就认清了。——她是爱伦，——我被钉钉住似的立住了一忽儿。

“她身体屈俯向前坐着，在用了遮日光的伞子长柄向地上的泥沙里画字。——她穿的是一身丧服——她还没有看见我哩。我屏住了气不声不响地仍复离开了她。走远了百数步后，我从那条树荫下的甬道里走入了旁边树木的底下，在树下我又惊惶地回转来看了一眼。她还是仍旧坐在那里。啊啊，只有上帝知道，何以这一种想头会突然又涌到我的脑里来的。我想看她一看了。她已经是不会认识我的这事情，我是确实知道的。我于是装作在散步的一位闲人的样子慢慢走近了她的身边，几分钟后，我就走到了她的前头了。——她在路上看见了我的黑影，毫不注意地将她的头儿举起，我们的四条视线就冲接在一道。我的心脏的鼓动仿佛要停止的样子。她的目光是不相关的，冷冷的。可是一忽儿的中间，她眼睛里突然放起异样的光来了，她把身体急速地掣动了一下，似乎是要站起来似的。此外我不能看见了。我已经走过了她的身边，一步一步地离她远了，绝对不敢转过头来，再回看她一眼。我还没有走到公园出口处之前，一辆无篷的敞车很快地在我的身边转过；我又看见了爱伦，看见她靠出在车外，脸色苍白，眼睛张得很大，同五年前头在纽约的中央公园外看见她的时候一样。——我为什么不同她招呼呢？——真是愚人愚事，——但我终没有招呼她。她那双眼睛，约有一分钟的时间，忧心似的向我注视着的她那双眼睛，忽而又变得冷冷的了。我还看见她深深地吐了一口气，然后又慢慢地将身体靠回了车中。——然后她就去我远了，消失了。

“我现在是三十六岁了。可是还不免有点羞缩，当我将我所做的那件应该是小学生才配做的愚事在此地不得不对你说出的时候。我写了一封信给她：‘一个十分尊敬你的朋友，对于他，你在数年前曾经示以好意的，他昨天也曾见过你一面，可是你不曾认出他来，他在这里送上他的一个敬礼。’——这信当我在乘上自爱儿米拉开向纽约去的火车一分钟前投在邮筒里的，那时候我的心脏鼓动得非常得厉害，仿佛是正在冒险做一件极危险的事情似的——这真是一个大冒险呵！是不是？……我平生觉得从没有经验过比这事情更大的冒险，就是现在，在我的回忆里，我也常常只以此而在自慰的哩！

“差不多过了一年之后，在去今没有几个月以前，我偶尔在百老汇路上又撞见了今年是长到了二十岁的弗兰息斯·琪儿玛。——世界实在是小不过——认识的人是怎么也会撞见的。——长得和他姊姊很像的弗兰息斯，已经不认识我了——是我招呼他的。他很和气而又很困惑地微笑着朝我看了几分钟。——忽然他就满心欢喜地向我伸出了手来。

“‘啊，华伦先生！’他叫着说，‘我真喜欢，终于又见到你了！我和爱伦常在谈起你，并且猜想你不知究竟怎么样了。——你为什么一点儿也不使我们知道一点消息呢？’

“我回答说，‘这些没有价值的事情，我怕敢使你们知道。’我说话说得非常之幽。现在我是很有勇气了。但在当时那青年却使我变得胆怯。可是我却从来没有向他要求过什么，也不再期望他些什么的哩。

“弗兰息斯以青年的和蔼的热忱回答说：

“‘对我们这样的狐疑，那是你的不是。你是我的唯一的先生，只有从你那里我才学得了些物事，我衷心所感谢的，只有你一位先生。你想我会把我们的那些长时间的，美丽的散步忘记的么？那时候我虽则还是一个小孩子；可是在那时候你讲给我听的一切善的美的事情，都还牢牢铭刻在我的记忆里哩。——爱伦吗？——她自先生你去后，就不愿意再学音乐，她现在在那里弹奏的，还只是从你那里学来的那些老调子，她不愿意再学些另外的音乐。’

‘父亲母亲都好么？——你姊姊怎么样了？’我问。

‘可怜的母亲三年前病故了，’弗兰息斯回答说。‘现在在我们家里管理家务的是爱伦。’

‘那么你们姊夫也和你们一道住的么？’

‘姊夫？’弗兰息斯很怪异地回答。‘难道你还不晓得么？去年他坐船从里凡浦儿到纽约来的途中，那只“阿脱兰脱”号沉没了。’

“我一句话也说不出来。

“‘是的，’弗兰息斯直率平静地追加上去说：‘这是不能够向外人说的；他的死也算不得一个大损失。姊夫并不是一个好人。在他突然遭难之先，爱伦已经和他离开别居了三年了。——他俩的结婚生活，并不是幸福的。’

“我把头动了一动，做了一个表示我的同感的姿势。但是无论如何，却总不能够说出一句话来。

“‘你一定马上就来看我们，’弗兰息斯继续着说，‘此地是我的卡片。——请你决定一个日子，到我们家里来吃饭。我们一家都在希望着见你哩！’

“我回答他说：我将写信给他，我们就此分别了。

“我的精神——我想，幸亏是如此——已经将它的少年时候的弹性消失尽了。那个摆这一回并不高举起来。它只在数年来来往摆动惯的那个短距离的小弓形内摇动。我自己晓得，和琪儿玛家一族的重新的关系一定又要发生苦痛和失望的。我觉得我自己还没有完全的把握，一到爱伦的面前，我怕自家又要变成一个呆子的。我有十足的理性，足够看出向这位富有的，高贵的，年轻的寡妇求婚是一种疯狂。同时我又觉得，只须短短的和爱伦在一道几天，我这可怜的理性又会完全失掉的。——我在各抒情诗里也曾读过，知道爱情能使人净化，能使他变而为神。——可是爱情也能使他变为顽迷的傻子。这至少在我这一回的事里是如此的，所以我不得不加意地留心。

“在我和弗兰息斯·琪儿玛遇见的前几天，我曾接到有一位我的旧亲死去的通知。——关于他的记忆，我已经有点记不大清楚了。——我只记得小孩子的时候，曾在他那里住过一个假期，那时候他待我是很亲热的。他是一位沉静而率真的人，只寂寥地过了他的一生。我模糊地记得曾听见人说过，他从前是对我母亲发生过爱情的，等她结婚之后，他就避去了尘世，在乡间过他的孤独生活了。有许多年不曾听到他的事情了。可是现在推想起来，这一位悲哀沉郁的老人，仿佛是把我常放在心里，从没有把我忘记过似的。总之，他在临终之前，曾把他的小小的财产的大部分赠遗给了我。因此我就变了一间在附近的很安适的房子的所有者，和一块永年出租的不动产的主人了。每年的一千二百'泰来'的租金，已经尽够我全部的开销了。

"于是我就决心马上离开美国，回到我的多年不见的故乡里来。你的住址，我已经打听到了。我在想，和你，我的最旧的唯一的老友的相见之欢，一定能将我在一生中所受的苦痛减轻几分。我到这里来一看，觉得这推想果然没有错。我终于有了这一次——还是第一次哩——将我胸中的苦闷尽情吐露的机会，我现在觉得心里轻快得多了，这是我年来所没有感到过的事情。——我晓得你不会责备我过于严苛。——你一定在伤痛我的软弱，但我晓得你不会因此而下一个严苛的判断。——我平生原没有做过一件好事——但也没有犯过一件坏事。我是一个完全无用的东西，同《杜葛纳夫》(*Turgenev*)那篇阴惨的小说里的一位悲哀的主人公一样，是一个 homme de trop

(零余者)。

“我在从纽约出发之先，曾写了一封信给弗兰息斯·琪儿玛。——我告诉他，一位亲戚的突然的死亡，使我不得不回到欧洲来。我把你的通信地址给他，可以使他不至于看出我在逃避和他们一家的来往交际，以后我就出发了。现在我却在此地了。——好，总算讲完。Dixi!”

在讲话的中间，没有使他的烟斗熄灭过的华伦，马上要求他的朋友法勃里修斯，也将他自己的历史讲出来给他听。可是法勃里修斯却已觉得伤心之至，在消沉的情绪里不想再说话了。所以他就告诉他的朋友，时间已经晚了，并且提议说，明天再来将这谈话继续下去。华伦回答说：“很好很好。”将烟斗里的烟煤敲出，他就把还在桌上放着的一瓶酒拿起，把瓶里残余的酒和法勃里修斯两人分倒了。然后他将杯举起，很快乐地叫着说：“为纪念我俩的青春!”——连杯里的最后一滴也吞饮尽了以后，他将杯子放回桌上，感到很满足似的说：

“这是我年来干饮过的第一杯适口的酒。因为我今天所饮的，并不是为了想忘记过去，而是为了纪念着过去。”

二

华伦在他的朋友法勃里修斯那里住了好几天。法勃里修斯觉得他朋友是他生平遇到过的人中间的一个最质朴最谦逊的人。他对什么东西都不再要求，无论什么你给他，他总是觉得满足的。法勃里修斯对他提议无论什么事情，他的回答总只是“很好很好”——假如法勃里修斯有时候不去和他说话呢，他却会自得其乐于在安乐椅里坐着抽烟，手里或拿一本书，可是他并不是读得很起劲的，他从他那短烟斗里向空中吹吹一个个大的烟圈，就似乎是与世与人都无争恨似的和平适意。——他说，他很不喜欢会见生人。可是时常在法勃里修斯家里进出的几个人，和他也算结了表面上的相识的几个人，都觉得他是一位很有学问很谦和的长者。凡接近他的人，总没有一个是不喜欢他的。他身上有一种特异的足以使人欢喜的牵引力。法勃里修斯也觉不能了解，华伦的这一种特质究在什么地方，可是他自己也不能逃出华伦的这一种迷力的影响。他在几日中间，又对华伦有起那种同在少年的学生时代一样的献身的亲密的友谊来了——“谁能禁得住不爱他呢。”法勃里修斯每自己对自己说。“爱伦·琪儿玛的爱他，也决不是一件奇事，是应该的，……我真想尽我的能力，来把他弄得快乐一点。”

有一天晚上法勃里修斯带了他的朋友到一家戏园里去，在那里有一出滑稽的短剧是演得很好的。他记得华伦做学生的时代对于这一类的东西是特别喜欢，在这一种剧场里他是最快乐也没有的。当时他朋友的那一种快乐的、清新的笑声，还在法勃里修斯的耳朵里响着哩。——但是到了那里法勃里修斯又感到了一种新的失望。——华伦一点儿也没有兴趣的在那里看这一出滑稽短剧。旁边在静静地观察他的法勃里修斯看他一次也没有笑过。他不过很注意地听了一刻，可是歇了一歇，他就把这一个视听的注意抛去，似乎是不愿再去用心看取的样子，只在无精打采地看戏园的周围了。到了第二幕完结，法勃里修斯问他“我们还是回去呢还是怎么?”的时候，他很快地回答说：“很好很好，我们回去罢！对这一种没意思的滑稽我已经感不到趣味了。还是让我们去抽一筒烟闲谈闲谈罢。怕那倒是更有意思更舒适些。”

华伦已完全不像十五年前法勃里修斯所认识的那个华伦了。可是在法勃里修斯方面却并不因此而减轻他对他的亲爱。他心里满怀了忧虑在守护着他，和一位慈父的守护着他的病的爱子一样。他孜孜不倦地在设法想使他的朋友快乐一点。假使可以使他的客人的呆钝的脸上露出一脸满足的微笑来的话，那他就是很大的牺牲也在所不辞的。华伦也早看出了这一层好意，所以当他要和法勃里修斯别去的时候，他就深深被感动似的捏紧了法勃里修斯的手对他说：“老友，你只在希望我的好，那我，我也很知道的……请你相信我，对你这好意我是满心在感谢。我们以后总不会再不通闻问的了，我们以后就互相守着罢。我到家之后将严守着和你的通信。”

华伦动身后的没有几天，法勃里修斯接到了一封从美国寄来的给华伦的信。信封上的略字是“E. H.”两字母，——爱伦·霍华德，正是华伦所爱的那女人的名字。法勃里修斯马上将这信转给华伦，并且写上了一句话说：“我希望你在这里能接到从美国来的喜音。”——华伦在回信里对这一句话并不提及，并且也完全没有讲到爱伦的事情上去。他只将他现在弄得很舒服的那所他的新住宅的样子说得很清楚，而在邀法勃里修斯就到他那边去见他，可以多住些时。在往后继续的通信当中，两位朋友就约定冬假里耶稣圣诞节和新年，当在一块儿住着过去。

十二月初头上，华伦又写信给法勃里修斯，促他务必要早一点动身。“我身体不好”——在那信里说——“我有时候觉得衰弱到房门也不能出一步。我在此地并没有一个人认识，并且也没有去结识新相知的心思。你和我在一道能使我感到无上的快乐。又和你相习惯了，无论什么地方我都少你不得。我已经为你准备好一间房在这里，你可以自由自在地和在L……市一样的工作的，或者也许会比你自己的房子更清静些。你不要等到二十三日才来罢，愈早愈好。我们可以不必等到十二月二十五，就是在十二月十五难道不是一样的可以庆祝耶稣的圣诞的么?”

法勃里修斯也没有什么事情，正在可以适从他朋友的愿望的地位之下，所以就于十二月的初旬里到了他的朋友那里。他觉得他朋友瘦得太厉害，样子太难看了。华伦还没有去看过医生，并且他也拒绝去看病。

“医生能把我怎么样呢?”他说，“我自家的病苦难道会不晓得的么？我并且也很晓得我的病源。医生大约不过会劝我散散心罢了，正譬如他对一个穷苦的病人，劝他吃吃丰美的食物，和陈年的好酒一样。可是穷人哪里有这些必要的钱呢？我们为身体的健康起见，有些物事是不能够一定常办得到的。——譬如我，叫我如何的去散心呢？——去旅行么？——我觉得世上无论什么都没有比这个安逸的静坐更好的事情。——去结识些新的朋友，见见生人的面孔么？——那我觉得世上只有你一个人，只有和你在一道能比一个人的枯坐好些，此外更没有第二个人了。——看书么？——我哪里还有求智识的欲念？我所晓得的东西，对我都已经失掉了兴趣了。”

法勃里修斯，和在与华伦初次遇到的时候一样，注意到了他不吃什么东西而只喜欢喝很多的酒。他对于好友的健康上的忧心，鼓起了他向华伦进劝的勇气。

“你的话原是不错，”华伦回答他说，“我喝酒喝得太多，可是我不能吃旁的东西，而又觉得不得不咽些东西下去以维持我的气力。我是和轧伐尼（Gavarni）的感情残疾者（invalides du sentiment）的可悲的状态一样；‘Toutes ces bêtises mont dérangéla constitution.’（‘原只是那万种的愚行损伤了我的元气’）”

有一天晚上，窗外面正风狂雨骤，而他们朋友俩却对坐在舒适温暖的房里的时候，华伦忽而讲起了爱伦身上的事情。

“我们现在是不断地在通信了，”他说，“她写信给我说，她希望不久就可以和我再见。——海耳曼，你晓得么？女人的心理，我实是有点不懂起来了。她不把我当作她的第一个最要好的人看待，那是确实无疑的。——那么为什么她又想和我发生起关系来呢？——为恋爱么？——就是光这一个想头也是可笑得很的。——大约是为了怜悯我的原因罢。——可是这就到了我的矜持的梦的末路了，我已经变了一个怜悯的对象了呵。所以我写信给她说，我已经在此地定住下了，今后别无他望，只想在无为与隐遁中间过我这无用的一生。绝不会和她再见了……你还记得海涅（Henie）的旅行记里的那一段么？一位大学生在窗口和一位美丽的小姑娘亲嘴的那一段？这位小姑娘让他来亲嘴，就因为他说：‘明天我又将远去，今生今世怕再也不能和你相见。’——这一个再也不至相见的想头，却使人会得着一种勇气，能说出平时是惹也不敢惹着的事情的。——我觉得我的死期近了。——亲爱的老友，请你不必再说别的话来宽慰我。——我自家是晓得的，死期近了。我也将这事写信给爱伦告诉她了。……我更写了许多另外的事情……嗳，真是些没意思的事情！……我平生所做的，都只是些无用的无目的的事情罢了。到了这垂死的病中，才向情人来宣布恋爱，这岂不是和我的一生很调和很合理的一个结局么？——比这事实更无意识的徒劳，世上还寻得出第二件么？——可是我却如此做了。”

关于这信的事情，法勃里修斯实在想知道得更详细一点，可是华伦却不愿意做断然的回答。——“假如我有一张誊清的信稿在这里的话，”他说，“那我很愿意将它给你去看。你已经知道这事情的全部经过了，我对于自己做出来的那一种愚劣的事情，不管它是如何的无聊如何的笨大，我在你的面前却可以不感到羞缩。——当我在第一次很确实地觉得死期近了的时候，就写了那一封信，这是两礼拜前头的事情。那时候我睡在床上发烧。我对于死是一点儿恐怖也没有的，实际上即使把我的生命交给了死的手里，和现在的这种状态比较起来，也未见得生比死好。可是我却兴奋了，精神亢进了。简直是可以做一部非常之有诗意的作品——一篇辞世之歌——出来的样子。我现在还在想这信写了也好。非但如此，我并且还在喜欢，因为爱伦终究知道了我是如何的爱过她的。既不将我的爱对她陈诉，也不希望着她对我之爱的给予，——我觉得这是很高尚，不利己的爱!”

圣诞节的祭日一天天的在静默里悲哀里过去了。华伦变得一天只有几个钟头可以从床上坐起来那么的衰弱。法勃里修斯现在只能独断地去为他请了一个医生来到病床前来看他的病。可是诊察之下，华伦也没有什么一定的病症。是他的生命力消失完了。他同一盏烧烬的灯火似的在那里慢慢地萎灭下去。还有几次很少很少的但是间隔时间却渐渐地比较长起来的间歇时间里，他的精神又会奋燃起来放几朵火花；但死的阴影已经笼罩住他，渐渐地渐渐地在暗下去黑下去了。

在除夕的当夜，华伦于十一点钟的时候从床上立了起来。“这一个新年我将照旧式的对你述祝贺之辞，”他对法勃里修斯说，“希望这新年能给你以快乐。给我以永久的和平。”

将近半夜的时候，他走上钢琴的前头，很庄严地弹奏起和教会里的合唱歌相像的罗伯特·舒曼（Robert Schumann）的《死友的饮盏之歌》（*Auf das Trinkglass eines verstorbenen Freundes*）来。——寺院里的钟敲十二下的时候，他倒满了两杯酒。举起杯来，他慢慢地在追思似的，从他刚才所奏的歌里，谱诵出了一节的歌：

“我在你杯底之所见，
并非是凡人能解的东西。”
（Was ich ershau'in deinem Grund，
Yst nicht gewoehnlichen zu nennen.）

然后他靠转了背，一长饮就把那满杯干下了。——他当在说那一节歌和饮那一杯酒的中间，并不曾对法勃里修斯注意到。法勃里修斯只是悲哀无语默默地在旁边看着他。现在他看到了法勃里修斯了，他的眼睛又光明喜乐地充满了少年的热情

“再喝一杯！”他叫着说：“为祝我俩的刎颈的交情！祝你新年如意，我的哥哥！”

他同干头一杯似的将第二杯也干了，然后就很沉重地在一张椅子上倒了下去。他的目光又变得呆滞无神了，法勃里修斯扶他到床上去的时候，他就像一个已经是很想睡的小孩，好好

地顺从了一切。

以后几天他一直不能起来。医生来看了也只深思着摇摇头，没有法子好想。他以为法勃里修斯是华伦的近亲，所以告诉法勃里修斯说，还是预备后事罢。

正月初八，华伦的别庄所在的那个小市里的旅馆里有一个人差来，来送一封给华伦的信。使者说，这信是要即答的。法勃里修斯因为他朋友已经有好几个钟头陷入了昏睡状态，差不多就快完全失去知觉了，所以就替他开了这信。信的署名者是“爱伦·霍华德”，内容如下：

父亲在好久之前计划中的欧洲旅行，这一回忽然实现了。我所以不预先通知你以此事者，原想使你惊喜一回，可以开一回玩笑。到了此地，我听逆旅的主人所说，才知道你在前回信里所说的病症还没有离身。因此我所以不愿不通知你而突然前来，并且先要问问你，你的病状究竟能否应许你接待我们？在此地的是我和弗兰息斯，他也和我一样，硬想和你，我的尊敬的朋友，在这一个巡游的途上来相见见，盘桓几天。父亲已经从汉堡直行上巴黎去了，我和弟弟打算在此地住几日后，马上上那里去和他一道的。

法勃里修斯想了一想。然后就拿上帽子对使者说，他想自己直接去传达回音。——到了那小旅馆里，他就马上被介绍给了那位外国夫人。他曾先把名片交给一位旅馆的佣人，嘱他去说，是受了“华伦博士之托”而来的。

爱伦只有一个人在那里。法勃里修斯很快地看了她一遍。她真是美丽得同花一般的样儿。她的一双大大的碧眼很不安地带问似的在注视着这进她房里来的人。

法勃里修斯生平和妇人来往得很少，在妇人面前，大抵是局促不安的。可是这时候他的想头已全集中在病友的身上了，所以这一回他倒完全是平静得很的。他只简洁地说了几句话，华伦是病了，——病得很凶——就快死了，给他朋友的信是他拆开了读的。

爱伦默默地也有几分惊惶似的朝他看看。她仿佛是不能了解所听见的话的意思的样子。可是慢慢地她的眼睛里就充满起眼泪来了。

“可以许我去见见华伦先生么?”最后她问着说。

法勃里修斯答应了。

“我的弟弟可不可以和我一道去，或者还是我一个人去好些?”

“我觉得还是先由你一个人去好些。你的弟弟或者可以迟一点去看我们那位可怜的朋友的。”

“我突然去看他，一种惊异，不会使病人更衰弱而失神么?”

“大约是不会的。凡一种喜悦，对他总只有好的影响。我晓得他是很喜欢见你的。”

爱伦在几分钟之后就准备好跟法勃里修斯前去，不多一忽，两个人就都到了华伦的屋里了。法勃里修斯教爱伦在客室等了一等，他一个人先到华伦的病房里去。

华伦张大了两只被体热蒸烧得红红的大眼躺在那里。他在那里说昏话了，可是他还能认清这进来者是谁，他向他要求，要一点可以消渴的饮料。他把渴消了以后，就闭上了眼睛，仿佛是要睡了。

“我为你接了一位你的好朋友来，”法勃里修斯说，“你愿意见他么？”

“是不是法勃里修斯？——请他进来罢，欢迎之至！”

“不是的。——是从美国来的朋友。”

“从美国？……在那里我是住得很久，很久，……啊，那沉郁的，悲哀的两岸！……”

“你愿不愿意见你那朋友？”

“我航下了那条暗淡的河流——航下了。在雾蒙蒙的远处呢：高高的、黑暗的形状；茂树的高山；……我是再也……再也达不到的远处。”

法勃里修斯踮起了脚尖，轻轻离开了他，几分钟后又和爱伦一道走进这病房来了。华伦似乎仍旧是什么也不晓得的样子。他只是用了轻轻的，声气也没有的喉音在说：

“这暗淡的河流，渐渐地到海了。我听见有海里的钝重的浪声。两岸是绿色的。高山也移近前来了。那是树林，我曾在它们之下常常息躺着的树林……树林的黑暗……在这些树木之间却浮出来了一个辉耀的女身………爱伦！”

她踏近了他的床边。这将死者一点儿也没有惊异，只和蔼地朝她看。

“天呀天！我还能见到你！”他说，“我晓得你是会来的。”他又喃喃说了些听不清的话；然后静躺了好久。忽而他又叫起来说：“海耳曼！”

被叫者就站在爱伦的边上。

“那个幸福的摆！你明白么?”——一种无邪的同小孩子似的笑容飞过他的脸上，他将瘦得只剩了皮骨的一只右手举得高高，用食指在空中画了半个摆动的大圈，又追加着说：“从前是这样的！”然后又同样的自右到左，慢慢地画了几次短小的半圈，说：“现在！”——最后同威胁人似的又将手指停住，坚决而不动地在空中指着：“即刻！”——于是他闭上了眼睛，很苦地呼吸了几口气，默默地静躺着了。

爱伦一边哭着，一边将身体俯伏了下去轻轻地叫说：“亨利！亨利！”他又将衰弱极了的眼睛开了一次。她将嘴凑近了他的耳边，如泉地涌流着眼泪，轻轻地向他耳里说：“我是爱你的，老早就爱你的，还没有把你忘记过。”

“我也老早就晓得了，”华伦很平静地很有自信似的回答说。——他脸上的呆滞的表情立刻就变得和润了一点，有了一点生气。眼睛也很亲爱似的，密呢似的发起光来了，和许多年前的时候一样。他拿住了爱伦的手，将它拿上了已经是枯燥了的唇边。一脸微笑流露在他的脸上。

“现在你觉得怎么样?”法勃里修斯问他。

“很好很好……”又是那个旧日的回答。他的无力的手指向被单上摸捏了一回，仿佛是想将这被单扯拖举起来的样子。然后将手臂长长的伸上放落，手指也静止地摊着不动了。——“很好很好……”他还轻轻地说了一遍。他似乎沉没在深远的回忆里了。一个长时间的沉默闯入在三人之间。最后又充满了热意和悲哀将他的已经在散神的眼睛举起，对他的爱人看着，极轻极轻地，嗫嚅地，将一个无力的重音摆在头一个字上，说了一声：“很——好。”

* * *

上面所译的，是德国 Rudolf Lindau 所著的小说 *Das Glueckspendel*。

小说里的许多原名，把它们写在下面：

主人公是 Heinrich Warren。他的朋友是 Hermann Fabricius。女主人公是 Ellen Gilmore。她的兄弟是 Francis Gilmore。她的男人是 Mr Howard。

华伦出生的地方是德国的 Talbe an der Saale。教书的地方是纽约州的mira。从Liverpool到纽约的船名是Atlante。

德国有一种货币名Taler，——“泰来”大约有中国的一块五角钱那么的价值。

译者所根据的书，是柏林Buchverlag fuers Deutsche Haus在一九〇九年出版的*Die Buecher des Deutschen Hauses*丛书的第五辑第一百零三种。据这丛书的第四辑第九十八本的*Erzaehlungen aus dem Osten*（von Rudolf Lindau）绪言里之所说，则林道系于一八二九年十月十日生在Gardelegen in derAltmark。大了就在柏林，巴黎，及Montpellier等处修习言语学与史学。到他的学业修完之后，他还在法国南部住了四年，做人家的家庭教师。然后就做了法国公使Barthèlème St. Hillaire的秘书。一八六〇年瑞士国把他当作了外交官派赴日本，去结两国间的通商条约。因此他得到了一个总领事的资格，到一八六九年为止，就来往分驻在印度，新加坡，中国，日本，及加利福尼亚等处。在法国的时候，他已经开始他的文士生活在*Revue des deux Mondes*及*Journal desDèbates*杂志上投稿了。他的第一篇旅行记*Voyage autour du Japon*就是用法文写的。后来在横滨，他发行了最初的英字新闻纸，有一卷英文短篇小说，却是用英文写的。

一八七〇年以后到一八七二年为止，他往还于德国及东方，做战地的记者。一八七二年到一八七八年之间，他住在巴黎，做德国使馆的馆员。一八八〇到一八八五年他做了使馆的参赞。一八九二年德国派干员出外，他就又做了一次德国的代表赴君士坦丁之任。归休之后，他就在 Helgoland 住下了。一八九三年，他出了六卷的全集。他死在巴黎，一九一〇年的十月十四葬在 Holgoland。

在短篇小说方面，他先在一八六九年（当他在三十九岁的时候）出了一本法文短篇小说集，名 *Peines perdues*，系从前在 *Revue des deux Mondes* 与 *Journal de St Petersberg* 杂志上所发表的东西。他用英文写的，在 *Blackwood's Magazine* 上所发表的东西。又收集了起来，都归入在 *The Philosopher's Pendulum and other Stories* 这一个书名之下。德国的全集的书名很多，这儿不能一一举出，但 *Philosoper's pendulum* 一篇，则当然是由他自己译成德文的无疑。所以我想英文的原作与德文的原作，少许有点出入也是应该的。

一九二八年六月

马尔戴和她的钟

（德）T·史笃姆（Theodor Storm）

学生时代的最后的几年，我寄寓在一家小市民的家里。这一家的父母和许多兄弟姊妹，都不在了，只剩着一位年老的未婚的女儿在那里守着老家。她的父母和两位弟兄已经死了。她的姊妹，到她的最小的和一位本地医生结婚的妹妹为止，都跟了她们的男人，到远处去了。因此只有马尔戴一个人剩在她父母的家里。她把从前她的家族的房间出租，并依一点很少的租金，在那里苦苦地度日。虽则非要在礼拜天的中午，不能有一次好好的餐食，但她也不以为苦。因为她父亲因自己的信仰和清贫家计的顾虑而对于他儿女所施的严格节俭的教育的结果，她对于外表生活上的要求很少（所以她很能安分知足）。马尔戴的少时，虽则只受了平常的学校教育，然而因为她后来在孤独的生涯中的沉思默考，和她的敏捷的悟性及率真的性格的结果，到了我认识她的时候，她的教养的程度，在这一种平民的妇人阶级里，也可以算是很高的了。当然她说话的时候，文法也不是常常正确的，虽则她最爱读历史的和诗的作品，读也读得很多，读的时候也很注意。但她对于所读的东西，大抵能有正确的批评，就是能够依己见而辨别好坏，这却不是尽人都能够的一件事情。那时候刚出来的诗人美丽格著的小说《画家诺儿登》对她的印象很深，所以她老在读了再读。起初读它的全部然后读读这一段或那一段，凡是她所喜欢的几节。作品里的人物，对她是现存活着的人物，他们的行动，对她却并非是系于作品的结构的必要而出现的。有时候她会做长时间的空想，想那些作品里的许多可爱的人儿，要如何才能够使那一种遭遇的事情变换避免得掉。

无聊之感，在她的孤独里，并没有十分的威力，但是有时候一种对于她的生活的无目的的感觉，使她不得不向外来求安慰。她要求有一个人，为了这一个人，她可以为他去操劳照顾。因为缺少亲信的人的结果，她的这一种可赞赏的冲动，就时时惠顾上她的寄寓者的身上来，我也系曾经受过她的这一种亲切和细心的照拂的。——她很喜欢花，在花之中，她尤其喜欢白的，在白花之中，她又最喜欢很单纯的，我觉得这就是她的安分的对一切都绝了奢望的心的表白。每年春初，她姊妹的儿女们，将园里初开的雪钟花和小春花折来送她的时候，是她一年中最欢乐的第一次庆祝日子。这时候她总把架柜里的小瓷花瓶拿出来，殷勤护惜地将花插上，可以使她那小小的住房，在几礼拜中，有很好的装饰品。

因为自她的父母死后，马尔戴的周围没有多少来往的人，并且因为长长的冬夜，她老只是一个人坐在房里过着，所以她所特有的那种活跃造形的空想给予了她周围的器具什物以一种生命和意识。她把自己的灵魂的一部分给予了她的室内的旧的器具什物，这些器具什物就也得到了和她交谈的能力。当然这谈话的性质，是沉默的谈话，然而因此她反而更能感到一种深沉的意义而不会有些许误解。她的纺织车，她的古铜色的安乐椅，都是奇怪得很的东西，它们都有一种最特别的幻想气质。其中最奇特的，是她的一个旧式的摆钟。这摆钟系她已故的父亲，于五十余年前，在亚姆斯泰塘庙市上买的旧货。这钟的样子，当然也很奇怪，面上有两个铅刻着色的人鱼，从两边将她们的披长发的人面靠拢，支着钟面上有数字的那块黄色的针牌。她们的从前大约是镀过金的有鳞片的鱼身，从底下包围着这针牌。钟的指针，仿佛是褐虎的尾摆的那一种形状。大约是这钟的齿轮因为年久松滑了的缘故，弄得振子的摇动声音很强很不规则，并且有时候振子的下摆老要下垂出一二英寸的光景。

这一个钟，是马尔戴的最能谈话的伴侣，她的沉思默考的中间，是没有一处，不混入这钟的形迹的。当她想沉入于她的孤寂的默想中去的时候，这钟的振子，老是嘀嗒嘀嗒的一阵紧似一阵地催她，不使她安闲，终于在她的沉思之中，它会报起时刻来。最后她却不得不把头抬起来注意周围，太阳是很和暖地晒在窗上，窗板上的石竹花，也在发放清香，窗外的空中，有燕子在飞鸣交舞。于是她仍旧可以变得非常的喜乐，因为她周围的世界，实在是可爱得很。

这一个钟，实在也有它自己的思想。它已经是老了，与新时代有点不能相合了，所以应该打十二点的时候，它老是只打六点，此后，仿佛是要补足这些不足的敲响的样子，它会不息地敲打起来，直到马尔戴将它的白镴从铁链上拿去时为止。最奇怪的，是它到了时间，有时候会不能敲打的。齿轮里只是治治地响着，但是敲锤总不肯举起来，尤其是在半夜里的时候为多。像这样的时候马尔戴每次总醒过来，不问它是严寒的冬夜或漆黑的深宵她总走下床来，非要把这旧钟的危难解除之后，才去睡觉。然后她走回床上去，想来想去地想。“为什么这钟儿要把她叫醒?”又问问自己，她在日间的工作里，究竟有没有什么事情忘了？她究竟是不是好好地将它做了的。

又是圣诞节的时候了。耶稣降诞的前晚，因为天下了大雪，阻住了我的归程，我所以就在一家小孩子很多的朋友家里，过这个年节。圣诞树上的灯火点旺了，小孩子们欢天喜地地冲进那间久不开放的圣诞节室里去了。我们随后也吃了鲤鱼，饮了屠苏，凡是照例的庆祝的事情，都照样行了，第二天早晨，我为想向马尔戴道照例的年喜，就回去走到她的住房里去。她两手支住了头，坐在桌子边上，她似乎已经是这样的停工闲坐了很久的样子。

“昨晚上您怎么过了您的圣诞节?”我问她。

她将视线投往地下，轻轻地回答我说："唉，在家里过的。"

"在家里？没有上您姊妹的小孩们那儿去么？"

"啊，"她回答说，"自从十年前我母亲在圣诞节的晚上在此地这一张床上过去以后，我从来还没有于这一晚出去过。我的姊妹们，昨天也来邀我过的，将晚的时候我也很想去走一遭，可是——这个古旧的钟，却又真很奇怪的，它又似乎在很正确地对我说：'请不必去，请不必去，你去干吗？你的圣诞庆祝，并不在那里！'"

所以她就留在家里的那间小房里过了她的圣诞佳节。在这间她儿时曾经游耍，及她长大之后，曾送她父母的终的小房里。并且在这间那个旧钟和曩时一样的在嘀嗒鸣响着的小房里。但是现在，到了这钟的意见实行了，马尔戴拿出来穿的好衣裳仍复收到箱笼里去了以后，它的嘀嗒的声响，却低下去了，渐渐儿地低下去了，最后几乎到了听不出来的地步。——马尔戴应该这样不受惊扰地，平平静静地回想她一生中所经历的许多圣诞节前晚的事情。她的父亲又依然坐上了那张古铜色的安乐椅，他戴的是一顶天鹅绒的帽子，穿的是一件黑色新上衣，他的严肃的眼睛，今天也在放和爱的目光。因为这是圣诞节，啊啊，这是，许多年以前的圣诞节的前晚呀！当然在桌子上没有圣诞树在发放光明，——因为这只是豪富的人家的特权——但是在桌上也燃着了两支高大的蜡烛，因此小室内照得通明，小孩们从黑暗的前室里得了应许踏进来的时候，不得不把小手拿上眼边，去遮避这强烈的烛光。

于是他们走近桌边，守着他们家庭的规矩不准着急，不准声张，好好地看他们各人所应得的，圣诞老人送给他们的东西。这些当然不是昂贵的玩具，当然也不是很低廉的物事，却完全是些实用的，必要的货品。或者是一袭衣裳，或者是一双靴子，或者是些黑板赞美诗之类。当然这些小孩得了他们的黑板和新的赞美诗之类，也一样的喜欢，一样的快乐，他们就一个一个地，向坐在安乐椅上很满足地微笑着的爸爸吻手作谢。和颜的母亲，头上包着紧窄的包头，或者把他们的新的前褂子穿上，或者在新的黑板上写些字母和数目给他们去模写。但是在这一个当儿，她也没有怎样悠长的闲暇，和他们伴乐，她还要上厨下去看新做的苹果糕儿，因为这苹果糕是在圣诞节晚上小孩子们的重要的赠品，她却不得不亲自去烧的。父亲打开了新的赞美诗本，用了他的清晰的歌声唱起“欢欣喜忭，赞美我们的上帝”的歌来，调子谙熟的小孩子们，就也和唱上去，“救世主是来了”，像这样的他们围在父亲的椅子边上，直到那一首诗唱毕的时候为止。在寂静的歌声稍稍停止的中间，他们听得见母亲在厨下的行动，和苹果糕在锅上烤炸的声音。

嘀嗒嘀嗒的钟声又起了，嘀嗒嘀嗒，一阵紧似一阵，一阵哀似一阵。马尔戴抬起头来一看，周围已经是黑了，窗外的雪上只静躺着了幽寂的月光。除了嘀嗒的钟声之外屋内静寂得可怜。哪里还有什么小孩子们的歌唱？哪里还有什么厨下烤苹果糕的声音？是的，她只是一个人剩在家里，他们，他们是都已经去了。——但是这一个旧钟又想怎么了？——唉，是的，它敲十一点了，——又是一个另外的圣诞节的晚上蓦然浮现到了马尔戴的回忆中来，一个另外的圣诞节的晚上，许多年以后的一个完全不同的圣诞节的晚上。父亲和兄弟等都已死去了，姊妹们也已经结婚了，只有和马尔戴两个人剩在家里的母亲，早就代了父亲，坐在那张安乐椅上了，家庭琐事，但由马尔戴一个人在那里照料，因为自父亲死后，母亲就为疾病所侵，她的脸色，日见得苍白，和爱的目光，也渐渐地朦胧起来了，到了最后，就不得不成日睡倒在床上。母亲病在床上，已经有三个星期，现在又是圣诞节的前晚了。马尔戴坐在母亲的床边，在听这昏睡者的微微的呼吸。室内寂静得同坟墓里一样，只有那个旧钟，仍在嘀嗒地响着。钟报了十一下，母亲张开了眼睛，说要水喝。“马尔戴！”她叫着说，“若到了春天，我恢复了气力，让我们去看你的汉纳姊姊罢，我刚在梦里看见了她的小孩子们，——马尔戴，你在这里也真太受苦了。”——母亲完全把汉纳姊姊的儿女们在去秋死去的事情忘了，可是马尔戴也不愿使她想起，只默默地朝她点了点头，紧紧地握住她那双干枯的老手。旧钟又敲十一点了。

现在这钟也敲十一点了，——但是轻轻地，轻轻地，好像是从很远很远的地方传来的样子。

马尔戴听见了一声很长的呼吸，她想，母亲大约是要睡了罢。所以她坐在那里动也不敢动，一点儿声响也不敢作，只紧紧地握着她母亲的手。最后她自己也陷入了一种昏睡状态。像这样经过了约莫一个钟头，那个钟打十二点了。——灯烛的光已烧尽。月光从窗里射了进来。母亲的枕头上只躺着一张青灰的脸，马尔戴手里捏着的，却是一只冰冷的手。她捏了这一只冷手，在母亲的死骸边上，陪坐到了天明。

她现在和她的回忆在一道，依旧坐在这间房里，那个旧钟依旧在忽轻忽重地响着。这一个钟和马尔戴是在一道的经过了许多甘苦，它是什么也知道的，它处处都可以唤起马尔戴的回忆来，她的小小的欢娱，和她的重重的忧患。

在马尔戴的孤寂的家里，现在是不是和从前一样地使住客满意？我却无从说起，因为自从我在那里住后，到现在已经有许多年数了。并且那个小市镇，和我的故乡，相去也很远。——凡是爱惜生命的人不敢直说的话，她老是很响亮很直率地在说：

“我从来没有生过病，我大约可以活到很大的年纪的。”

若是她这一个信念是不假的时候，那么这几页的记事，定会传到她的房里去，她读了或者也会想起我来。那个旧钟或者可以助她的回忆，因为它是什么都知道的。

* * *

本文原名*Marthe und ihre Uhr*，自 Theodor Storm 的全集里译出来的。系他初期的作品，所以细腻得很。

一九二七年九月十二日

一个败残的废人

(芬兰)J·阿河(Juhani Aho)

去年夏天,我们——我的朋友一位画家和我自己——住在北萨佛拉克斯上部的一处农场里过夏。这农场去吉许道儿夫约莫有大半英里的间隔,坐落在一条狭隘的半岛当中的一区风景很好的地方。我那位朋友到此,原是为画自然的风景而来。而我呢却只往各处去走走,将光阴在无为的幻梦之中消度过去罢了。手里头捏了一本书,我在他的旁边会直挺挺躺睡下去,并且有时候在那些丰肥的野草上躺着也竟会朦胧地睡一忽儿的。

我们过的真是一种幸福的不顾前后的艺术家的生活,各自都在欣喜,欣喜我们会这样的富有这么些个特异的天赋思想,各自又都很有自信,确信我们是十分具有把这些思想表现具体化出来的能力。

农场的上下又尽是些活泼天真,很多兴趣的人,农场的主人最喜欢说话,实在也有点瞎吹瞎说的地方,可是他的心却是很好很善的。农场里的女孩子们也都机灵喜乐,很会说话,主妇是一位容貌娴丽有才干而又很柔和的萨佛拉克斯的女性。在家里差不多是不大看得见她的，而实际上却似乎是她在那里指挥管理农场里的一切。洗过澡，吃过晚饭，或在那间很大的吸烟室里，或在前室的台阶之上，我们和农场里的家族全部坐着谈着，兴高采烈，每有到了半夜还不停息的时候。

在这农场里可是还有一位人物住着，这位人物当我们全体在一道做闲谈的时候，从来也不曾来参加过，而实际上也似乎并不是属于这家族中的一位族人，是一个中年的瘦长的男子，颜色是黝黑的，两眼深陷在额下，浓厚的一头头发老是乱蓬蓬地披着似乎是从不加以梳刷的样子。吃饭的时候他原也和主人在一张桌子上吃，吃的面包也是和主人的一样的，不过他用的白塔油盆和牛奶罐却是有他自己的一份的。假如我们都坐在吃烟室里呢，那他就伏处在前室的台阶之上；假如我们走到了前室里去呢，那他就走转了身爬上扶梯去了，从那里望出去，他牙齿咬着了烟斗，差不多是可以看得见水面的。他老在哼吸着烟，当一筒烟还没有吸了的时候，他就要把残烬从烟斗里抓出，另装一筒，重新点火，再吸起来。除此而外，别的事情他什么也不做的。大家从来也没有教他去做过工，田里也不曾教他去过，林里也不曾教他去过。可是拿着了他的钓鱼竿他却能几个钟头的痴坐在水边，有些时候，他兴致到了，也时时会补缀那些鱼网鱼篮之类的捕鱼器具。一礼拜中他要去吉许道儿夫两次，从那边的商人那里去接取些新闻纸类来，去一趟他总大抵要把那一天的时间整天地费了才回来。好容易终于走回来了，那他的牙齿之间总老有一支短短的嚼烂的烟卷尾巴含着，这烟卷尾巴他总要再把它装到烟斗里去重吸起来。新闻纸类他总老是在路上的水濠边上读的，我们有时候出去散步，往往会遇见他在那里耽读他的新闻记事，好像是完全被这些新闻纸上的文章吸引住的样子。

起初他老是避开我们，当我们从他那里经过的时候，他总要把头掉转，朝向别的一方面去。但是后来他也把我们的新闻纸类一并拿取了来，而我们也常常以支把烟卷送给他吸以后，他却和我们有点接近起来了。爱吸烟卷大约是他的一个弱点。有时候即使他已经把淡巴菰在烟斗里装好了的时候他也会马上仍复把烟斗收起，而很热心地点起那支你送给他的烟卷来吸。

往后过了一晌，假如我们在一块稻田，一处草地或一所有树林的山坡上安顿驻下的时候，那他也会跟近前来，起初总是很注意而保持着一段相当的距离，然后可是终要渐渐地走近，近到他从一石一树段上站着能够看出我们的画为止的地步。到了这里他就会将注意力全部深注在画上，甚而至于可以把他的烟斗都完全忘掉。我在边上私下仔细地守视着他，老看得见他那张平时是那样的死气颓唐的脸上忽然会现出十分紧张的神气来，当他在忙着移动他的双眼，很有趣似的把野外的风景本身和画上的风景对比的时候。

“您是农场主人一族的族人么?”有一次当他已经跟我们在一起得好久之后，我这样地问他。

“不是的。”他匆匆不经意似的回答了一声。

“您当然总也不是在那里帮工的农奴罢?”

“农奴? ——不是。”

我可不能再追问下去了:“那么你究竟是什么呢?”因为他并不来妨碍我们的工作，所以我们也落得不去管他的闲事，并且此外他还自动替我们拿拿画具之类。

从他的用钱俭约方面推想起来，我们猜想他或许是主人的一位亲戚而又是头脑不正常有点神经病症的。

有一次遇着了偶然的机会，我们就想从主人那里探听出这事情的前后关系来。

“他的头脑是并没有什么病的，而他也不是我的什么亲戚。他的出身原也是很高贵的，不过他却自己不习上。他的哥哥，系首都的一位官吏，带他上这里来，把他安置在我们这里做一个寄住的常客。现在他寄住在我们这里已经有五年了。他的老母，对于他的住宿每月付我十个马克（五元)，这钱是由邮局直接寄给我的。对于他自己她们却只给他几毛钱聊作他的买烟草及衣服之用。可是他得到了钱，总一下子就去喝酒用完，于是他就不得不吸食我们的杂草当烟，不得不穿着我们农夫的粗衣服了。我们曾受有最严厉的嘱托，教我们除咖啡之外，切不可将酒类及其他的物事给他。”

“他从前是干什么的呢，您知道么?”

“那我们却不知道。在他的教会证书上面也并没有什么写在那里。有一次喝醉了酒后，他似乎曾在女孩子们面前大吹过的，说他从前可了不得哩，哪里是像现在那么的呢?各地各处他都相当地走过的，好多国的皇居首都他都是去看了来的，要是不遇着打击的话，那他早就可以成一个有名的大人物了。喝醉酒后我们觉得他实在太难。可是等酒精一消散后，那他就马上会沉静下去不喜欢多说话的。因此我们让他这样的住在这里，也觉得并没有什么不惯。”

“他平常做点什么事情的么?”

“正经的事情是什么也不做的，除了在夏天去钓钓鱼，在冬天用麻索去捉捉野兔之外。有时候当大风雪的正中他却会把皮衣着上，跑出去上外面那堆柴堆的边上去劈生火炉的燃料或到牛栏马房的后面去砍细柴去的。这大约是他觉得很有趣味的一件玩意儿，因为我们这里却并没有谁在强迫他干这事情啊。”

我们又问，他此外的时间究竟是怎么样消度过去的?

“在冬天他老上租借图书处去拿了书籍来读。书读完了呢，那他就会整天的歪倒了头坐在那里，拼命地吸他的烟，如你们所看见的那么的。他不爱说什么话，他在想的事情从来也没有说过一言半语。在起先有一次他曾从哪位商人那里去买了些纸来，用了铅笔在纸上画了些房屋呀树木呀人物之类。”——

这是正当那时候走到了我们在谈话的地方来的主妇说的话。

“呵呵，那些真是无聊极的东西。”主人毫不经意地说。

我的朋友的好奇心却被挑动了，所以问说，可不可以使他看看这些画的东西。

“我们可全没有把它们收藏起来。不过或者也许是在女孩子们的抽斗里放着的。在他得意喜欢的一个时间里他曾把这些画送给过小女孩子们，并且还吹着说，他是把价值几百马克的作品送给了她们了。那当然不过是一个疯子的瞎说。”

主妇可是仍旧教女孩子们去找去了，教向各抽斗里一只一只地找寻过去，她们终于也寻出了几张样子不同的纸片来，在这些纸上有很有力的黑色墨线画在那里，画的是一间房间的内部和窗边上的一架织机的速写。伏在机上的那个女人，极像农场主人的长女的样子，系从后面看过去的。另外的一张纸上画的是一匹马，正在开始从一只井水钓桶里饮水，一个农奴用了脚在把钓桶从井的木栏里推滑出来。第三张画不过是一幅极简快的速写，可是看画的人已经可以看出作画者在想画一个牛栏，里面有几只牝牛浮现在熏蚊蚋的烟阵里的。

“这家伙倒是一位艺术家！”我的朋友叫着说：“你瞧，这少女真是典型地被画出在那里，而这马又是画得很正确的！这速写真写得好极。我现在却开始了解起他来了！”

渐渐地我们明白起这一位有画趣的奇人来了。他对我朋友的作品时把画与自然比较的那一种眼光我也能够了解了。我当时就感到了一种特别的兴味，想把关于他的事情再知道一点，关于他的生涯身世再详细晓得一点。

可是到了第二天的早晨，虽则我那位朋友在农场附近的岸边又开始在画一张新的大画，我们想等着他来而他却不再来了。他正去捉了鱼回来，可是等他看见了我们在岸边的时候，他却把小船不摇到往常靠岸的埠头来上岸，而又老远地摇了出去，在半岛的极远的地方走上了陆地，于走回农场来之先，又向野田里去绕了一个大圈。

那一天有一整天他没有和我们见面，到后来我们和他在台阶上遇见的时候，他也避开了我们的视线而几乎没有理会我们对他所说的寒暄套话。直到过了几时，我们才听见说，女孩子们把我们曾看了他的木炭画的事情告诉他了，他就马上把那些画要了回去，将它们烧毁了。

若不是一个完全偶然的机会将这秘密曝露了的话，那我们对这一位在只使我们的好奇心增长起来的奇人，也许会另外更详细的事情一点儿也不知道而就和那农场别去的。

夏至那一天的前晚，我们在农场后面的高山上用了一只买来的烟脂艇和一只主人送给我们的旧烟脂桶点起了火来。因为这一天也正是我那朋友的生日，所以我们就招请年长者来饮郭老格酒，年轻的来喝啤酒，妇人及女孩子们来吃柠檬水和烧制的饼果。当我们正在忙碌准备的当中，我们的那位怪友却不走开去而仍在农场里徘徊着，这一天他似乎比往日不同，对我们有点减少了怕惧恐怖的样子。大家一道洗完了澡，结成了队伍要从农场出发的时候，因为他也正站在边上，所以我就问他愿不愿意和我们一道走上山去，同我们去喝一杯郭老格酒。

他虽然有点迟疑和畏缩，但很显然地表示了最高兴的样子对我谢了一番，并且自动地愿意帮助小孩子们将啤酒箱等搬上山去。当我们到了目的地点，在山坡上的一块平坦的大石上将各种酒类陈设好的时候，他开始和青年们一道去拖拢生火的树枝柴垛来了。肩上担着了枞树的枝条，他时时从我们的身边走过，搬到了，就用力把这些树枝向地上一掷，掷得地面锵然有声，然后为再去多采的原因他便再从原路走回到树林里去。可是当我们招请了他一声，请他自己来调制饮用郭老格酒的时候，他也就在我们的中间留下了，我们的一团，就是农场的主人和另外的几个住在左近的农场所有者们，本系与我及我的那位朋友围成了一个小圈，团坐在那里的。

当他将水注入酒杯里去的时候，他的手是显现得在那里发抖。他在盛糖块的盘里捡拾起糖来的当中，手指头是在痉挛状钩曲着的。费了好大的气力他能把几块糖弄进了水去。

大约他自从最后一回调制饮用郭老格酒之后，到这时为止，总有好久好久不饮这酒了。我们劝旁人同时也劝他干杯，并且同大家杂谈了些天气风向与农作收割的话，并不特别地去搅乱他的精神监视他的动作。他很兴奋地在饮酒吸烟，一支烟卷直要吸到了尾巴上有一块木棉卷在那里的地方才肯抛掉，并且人家并不请他吸第二支他就马上把新的一支点上了。

但是他忽而突然地问我们说："山上的火不是应该点燃起来了么?"

他很自在地直视着我们，他的沉郁僵硬的脸色变得带起活泼的神气来了。脸上的神气表露着似乎是充满了难得遇到的怠倦之后的喜悦的样子，平时的畏缩恐惧的地方，踪迹也没有地消失掉了。等我们对青年们叫着，教他们去点燃起火来的时候，真想不到他又忽而兴高采烈地举起了杯来说："大家许我为祝先生们的健康喝一杯酒么? ……我们原没有相互绍介过。……我的名字是福斯白耳格。"

我们谢了一番，他慢慢地吮吸着竟把大杯里的酒干了一半。

我们为参加点火的原因大家爬上了山。他劝告青年们说，点火的时候，要在几方面边上同时点上才行。

"注意，看这火在烧起来了!"他说。

我们围立在那丛熊熊在燃的火焰的周围，火焰霍霍杀杀地响着，从各面燃起，火头尽在向那枝枞树顶点的上面集中飞舞，这枞树原是当作一堆柴堆的尖顶被插在那堆燃料之上的。火焰烧到了那里，啪啪几声就集成了一团，变作了许多绯红的长舌，在向软空气里伸吐吮吸。

少年们高声叫着万岁，接连着在把枞树枝条的捆把投入火焰中去以助长火势。

当这中间我正在细心地观察立在我旁边的福斯白耳格，他只目不转睛地在凝视着火焰。

他伸直了脚很神气地立在那里，两手是插入在裤脚袋里的，帽子歪在一边的耳朵高头，一支快要烧完的烟卷尾巴含在口角的边上。他的眼睛里闪烁出了一种热情的研究的视线，这种注视闪烁的视线只有画家们当发现了一个画画的对象题目的时候才能有的。忽而他伸出了手来，指示着天空和火堆周围的轮廓对我说："这一个绘画上的神韵真是伟大得很呀！"

"不错真是。"我稍稍感到了一点惊异回答他说。

"那一边的天——你瞧，岂不是像黑曜石那么黑的么？然后在远一点的地方又是那一种淡明的变化。您看那些小姑娘们的红红的脸和蓝色的胸围，这颜色辉映得多么鲜艳啊，这真华丽极了——是不是？——那边远处又全是天光的领域了。"

"是的不错，您说得真不错。"我对他说，在这一瞬间我实在也没有别的话可以说，可是到了此刻我也不能自禁了，所以就问他："您也是画家罢？"

"是的，我也曾经画过的。"

别的话他也不再说什么，可是照他立在那里的姿势他动也不动地又鹄立了一阵。他的脸上不断地在起奇异的痉挛，我觉得他似乎是在那里全身发抖的样子。大约是郭老格酒已经在起作用了罢。

"我们大家来干一杯祝贺的酒罢——喝罢，喝罢，小姑娘们，少年的朋友诸君，喝，喝啤酒，吃柠檬水——然后再来跳舞！”我的那位朋友叫着说。

一群人分散成了几组，有些是在左右颠摇着的，有些就跳起舞来了。农场所有者们拿了酒杯移近了火堆的旁边，我们三人却在我们自己的酒杯旁边坐下了。因为我们邀了他一声，福斯白耳格就马上来和我们成了一起。

当我们调制好了新的郭老格酒以后，我的那位朋友问着说：“我听见说您也曾经画过画的。”我们的这位客人对于这酒的调制混合饮喝的工作是很热心紧张的，不待糖块溶解，就从杯里长饮了一口，酒的中间还有一半是纯粹的白兰地精哩。

“啊啊，我是好几年来没有画过画了。”

“但是你还是在画炭画的罢？”

他并不回答，但又重新喝了一口酒，并且把烟卷的烟深深地吸食了一口进他的肺腑中去。

“在海耳寻格福尔斯艺术院内，有两张画挂在那里的福斯白耳格先生就是阁下罢？”

“是的，在那儿是有两张的，但是那两张是一点儿也没有价值的东西。我想请问一声，您先生是不是曾在提由塞耳道儿夫学过画的？”

“不是的，我不是在那里的，我只在巴黎学了一晌。”

“是的，从您的自然解取的方面就可以看出来的……现在大约总谁也是往这一方面去的了……可是有一个时候在提由塞耳道儿夫却也很可以画的哩……霍儿姆白耳格就是在那儿画的。”

“您是认识他的么?”

“还要问我认不认识他?哈哈，我们是每天晚上在俱乐部里一道厮混着的。一个精力充盈的人。”他叫着说，仿佛是感到了一种内部的冲动，想把他压制住的感情的堤防一时冲破来似的，“不不，你们这些时髦的年轻的巴黎画家，你们哪里有同他一样的学力，你们还不能同他一样地了解自然哩……你们是没有理想的，——理想你们是没有的，可是艺术所要求的却是理想!”

“你且看一看这一个夏天的晚上………”

“可是你自己为什么不再画画了呢?”我那朋友有点带讥讽似的说。

“我并不在说我自己，也不在说您老人家……我只在说大者远者……个个的个人所想望的是什么东西? ……个人是要死去的，艺术是永在的……艺术万岁! ——艺术是神圣的，伟大的! 芬兰的艺术万岁!”

他用了蛮武有力的姿势把他的酒杯摇舞着。全身的血似乎渐渐奔注上了他的头部，两眼闪烁起来了，额部的肤色也和他的思想言语一样，变成了清澄洁化的样子。

我们都感到了奇异在注视着他。

“您还有淡巴菰么?”“谢谢! 请您恕我，可是今天真喜欢得我要死，我真喜欢遇见了同志……为什么您不上提由塞耳道儿夫去学呢？……啊啊，在我，仿佛觉得我们是旧相识似的！……和我同在那神仙之境！……唉，嘿，关于我自己可是还有什么可以说呢，——我是一只难破的船，一个败残的废人！”

“凭什么您就这样坚决地晓得自己是败残了呢——您真是一个大大的悲观者。”

“我也不晓得是凭什么理由，并且另外的人也没有一个人能够晓得的，不过总之是有一天感觉到了这样，往后就继续着说，如此如此完全是完了……一只难破的船……一个人的成功与否原是系于天命的……您老人家今天真功利得很——可是我又要说一句：我还可以显点本领给您看看………请您明天给我点颜料和画布，诸位……”

“好，万分的愿意！”

“嗳嗳，是的是的是的……就是这么一套，好，万分的愿意……您的技巧真好！……这就是我的弱点，可是技巧并不是一切，……霍儿姆白耳格说我有特异的色彩感觉……请恕我的自赞自称……艺术院里的那两张画是些什么东西？那不过是些粪土罢了，我是晓得的……我可是有一个绝妙的想头抱得很久很久了，本来是两个……这样的一个澄明的夏天晚上，火在熊熊地燃着……于是‘围在死葬积薪边上的人们’……‘火与白夜的战斗’……您懂么？……唉嘿，您懂得什么，您是不懂的，而我也不能够说出……算了罢，再见什么的鬼！诸位先生，我祝你们幸福!”

他似乎是变得很懊恼的样子，可是当我那位朋友说这实在是一个很好的想头的时候，他的那种柔和的态度又恢复了。眼睛里充满了眼泪，他渐渐地开始自己对自己说起独语来了。

“这样的一个夏天的晚上，这样的一个北国的，伟大的夏天晚上！何等的美丽——如何的美丽呀！为什么大家不画这样的画呢？上一面展开着芦苇之林……在另一边的海岸立着一间草舍……浓雾包围着海岸的一带……一个渔夫鹄立在芦苇的边上……牛羊的铃声在响……但是这也许并不是属于这里的……可是又为什么这是不能属于这里的呢？……这画一定要画得这样细腻，使人相信能够听得见牛羊的铃声和其他的声音才对……许多其他的声音——如托配留斯的关于北国夏夜的澄明之所说：‘您在天上的无论哪一处地方都把太阳和月亮的效果画出了——在天上——是的——可是这夏夜的透明，这全无阴影的澄明，这光线自来自——我想不起来了——我没有精力——没有技巧——’”

他从杯里喝了一口酒，想把他那摇动错乱的思想集中起来，可是依旧显然不能够说出他所想说的意思来。

“否否………嗳，万岁！我不——能够——再——”

“您何以知道呢？只教您想好好地干，那仍旧是很好的。”

“您说什么？否否，这完全是不对的……您明明是知道的，我从您的眼光里就看得出来，您所以要这样说不过是算对我的客气……我可是不十分愿意承受人家的同情的……纵使我是变了半文钱也不值的时候——您只在那里苦我！……您还有白兰地酒么？再给我些！”

农场的主人这时候正为重新来混合调制郭老格酒而走了拢来，他一半也是说着玩似的回答说：“这可不行，他可不能再喝了！”

这些极端不同的许多感情情愫如何在这一位老画家的面上交互变换着的样子，实在是一件再奇妙也没有的事情。本来是在系服着他的精神的铁链渐渐地解脱了，他得到了放胆直说的勇气，当然他是正想把在胸中郁积得好久的一切倾吐出来的。

艺术家的冲动终于又恢复崛起在他的心灵里了。希望从厚层的冰堆下溶解了出来，他差不多含着眼泪说述了他的最深的思想。在极短的一瞬间中他又得到了对自己的自信，可是不久一忽马上就又陷入了昏乱。自信消失了，这自信却变成了一种痛恨懊恼之情。农场主人来的时候却正在这一个最不凑巧的瞬间，一言道破又使他感到了幻灭的现实。他的眼睛里就同电光似的闪出了一道最惨恶的毒视，他的嘴也极猛烈地抽动得歪了。

“你是来干什么的？滚你妈的蛋罢！”他大声叫着说。

“可是可是，我岂不也是被招请来的客人么？……假如，万一要是先生们不愿意……”

“不，不，绝对不是的，您请坐下罢。这儿地方很宽，我们大家的座儿也尽有着哩！”

“农场主人，我对你说，你跑将拢来，把我们的话头打断，是极无礼的事情，你晓得么？我的喝不喝酒，与你又有什么相干？”

“那原是一点儿不与我相干的，福斯白耳格，说一句笑话你要这么的发气干什么？”

“那并不是笑话……你是一个最卑劣的坏东西。你这家伙同侦探似的只在窥伺我的行动……村子里到处去打听，打听我到哪里去过没有，去喝过酒没有，还要对那些商人和上吉许道儿夫去伪造出许多谣言来……你难道是我的保护人么？我倒要请教请教！”

“这是谁对你说的？……你且问问先生们看，问他们究竟听见过我说你什么……”

“嗳，我难道会不晓得么？你在各处走着说着……你这无智的、龌龊的东西……你这卑劣的——”

“他老是像这样来寻吵闹的，现在先生们可自己能够看明白了罢，看他喝醉了酒之后就……他从前可真是一位很上等的大先生！哼，实在恐怕只是一个过去的乞儿荣华梦罢了。”

“你才是一个不中用的贱材……我真瞧你不起哩，像你这一种东西，我看都不要看，只配将屁股来朝着你！”

“呵，这真是一件奇事，像你这么尊贵的一位狗大人倒也会到我们这里来，和我们一桌儿的来吃饭。”

“我在这儿吃饭住宿是出钱的!”

“是你出的钱么？恐怕不是的罢，你吃的东西，是另外的人付的钱！……你是得到一个钱就喝一个在肚里的。”

“你的不喝酒是因为你太鄙吝贪污的缘故。”

依这样的可悲的样子他们俩尽在继续着吵闹过去，这中间四边的人都走拢来站满了。福斯白耳格一边吵着一边还用白兰地斟满了他的酒杯，尽在连续不断地喝那种不和糖与水的纯粹的酒。

他酒一天一天地喝多来，因而和人家争吵的事情也一场一场地加多了，结果就弄得没有人同他来往，他的日常的交际范围就愈趋而愈下。所受的教养痕迹一点儿也没有了，他的语言举动每要使人想起一个无聊的放荡败落的下流文丐来。我们听他的骂詈听得厌了，所以就要求他，请他和我们一道儿走下山去。但是这么一来他的怒气就迁向我们身上来了。他用了一个败落才子所有的全部的怨恨恶毒来攻击我那位朋友：“是的，你们是很好，有你们亲人族类的绝好的同党，保护，与奖学的基金。但是谁来管那些穷人的子弟呢！……”随后他又把这贫穷的问题忘掉，开始诅咒起天和地和他自己来了。

“可是，喂——朋友!”

“别来管我！……你们走你们的罢！你们这些大先生，这些蠢家伙！我是一只难破的船……一个败残的废人，可是我对全世界还要报我的仇哩……他妈的滚上地狱里去！”

他把那只空杯狠命地向一块石上一掷，弄得这一只杯子打成了许多破片。

可是当他正要将另外的杯子也同样地要打碎来的时候，农奴们就赶上去把他捉住了，于是就演成了一场正式的武剧。

他是完全连吐气都不容易吐，因精神的亢奋而疲劳极了，所以受了几下突击之后，就颠摇了起来，全身跌倒，躺下了地面。

他不能再立起来了，空空地试想起来了几回终于没有结果，他就在那里陷入了酣睡。

我们很为他的不幸而悲，可是看到了那些青年们环立在他的身旁，摇撼他取笑他的举动，心里又感到了深沉的不快。衣服——这是说他所穿着在那里的仅少的衣服——是上下翻乱的，消瘦的胸膛露出在外面，秃顶的扁平的一个头，帽子早已滚入杜松丛里去了，嘴角活像一个死人，软弱地弛张着在那里，全体是像这一个样子的他面朝了天重重地呼吸着气酣睡着在地上。

太阳已经升起来了。夏至之日的初阳光线投下地来就照出了这一幅可伤的惨景。

他原也是有过他的梦想，努过他的力的，正像一颗从黑暗的阴郁的天空里照出来的明星一样，我们也正只见到了一痕他的过去的痕迹。

“我每当看见这样的败残的艺术家的时候，”我的那位朋友很悲哀地说，“心里总要感到一种不可名状的苦痛。假如境遇好一点的话，那他的前程进境又谁能够说得，并且假如使他处在和我自己及其他许多画家的同一环境之下，那或者他的成就要比我们的更大更远也是说不定的。你或者还记得他的两张画罢，是我有一次指给你看的。那两张画是明明在表现着特异独创的思想的，虽则缺点也是很多，这在他那不明了的谈话里原也自己在那里承认。”

我们把在他周围闲散着的许多粗野的青年赶了一赶开，其他众人也各自为回家而走散了。然后我那朋友拿了一件外衣来打开，把它遮盖在他的身上，使他得免为朝晨的寒气所侵袭。

“让他睡着罢——明天我们可以接他来和我们在一道，或者他是还有可以造就的地方留存着的哩。”

可是到了下一天和再下一天，我们都没有见到他。直到了第三天他才走回农场里来，轻轻绕屋后一溜，他就走上他睡觉的那间浴室间里去睡了。他的身上只剩了一件衬衫和一条裤子。他的帽子和我那朋友的一件外衣，直到后来我们才听见人说，说是在吉许道儿夫的那家密卖私酒的店里当掉换了酒喝了。

* * *

上面译出的，是 Finnland 作家 Juhani Aho 的一篇短篇，名 *Ein Wrack*。根据的系德国 Josef Singer Verlag 出版的一本短篇小说集名 *Das Skandin-avierbuch*。这书的编辑者为 Max Krell，本篇即系编辑者亲自从芬兰原文译出来的东西。

关于原作者约翰尼·阿河，我所知道的也很少，只晓得他于一八六一年生在芬兰的 Iislami in Savolaks，年轻的时候，曾在巴黎留过学，去世的年份是一九二一年。本名 Johan Brofeldt，他的著书之被英译者有世界名小说集里的一篇 *Outlawed*。此外被德译的书却是很多：由 Verlag von Heinrich Minden 出版的，有 *Die Eisenbahn*，*Schweres Blut* 等；又据 Felix Poppenberg 的 Nordi sche Portraets aus vier Reichen 里附载的书目，则还有下面那样的书——*Einsam. ubersetzt von Steine. Leipzig* 1902.

Ellis Ehe. Roman，ubersetzt von E. Brausewet er. Berlin 1896. Ellis Jugend. Roman，ubersetzt von E, Brausewetter. Berlin 1899. Der Hochzeitstag-in "Bibliothek d. fremden Zungen 15"（Stuttgart 1894） Novellen（Reclams Univ-Bibliothek）

Finnland in Seiner Dichtung u. s. Dichter. herausgeg. von E. Brausewet ter. Berlin 1899. （内有关于 Aho 的资料）

几个专门名词之音译者，将原文写在下面，借资参考。

1. savolax. 萨佛拉克斯

2. Kirchdorf. 吉许道儿夫

3. Grog. 郭老格酒（似系以 Cognac 和糖及水所调制成功之酒，书中凡用 Cognac 的地方都译作白兰地，从俗例也。）

4. Forsberg. 福斯白耳格

5. Helsingfors. 海耳寻格福尔斯

6. Duesseldorf. 提由塞耳道儿夫

7. Holmberg. 霍儿姆白耳格

8. Topelius. 托配留斯

一九二九年九月二十四日

一位纽英格兰的尼姑

（美）M·衣·味尔根斯（Mary E. Wilkins）

午后也已经是向晚的时候了，光线正在昏暗下去。外面院子里的树影也变过了样子了。从远处传来有些乳牛的鸣声和小铃儿的丁零摇振之音。农场的小车，有时颠摇过去，路上就飞起一阵灰来。几位穿蓝衬衣的农夫，也肩荷着锄铲，慢慢儿拖着笨重的脚步走过去了。在暖和的空气里有小队的飞蝇在行人面前上下地飞翔鸣动。事事物物之上，仿佛是正只为了将归沉寂的原因而起了一种幽微的摇动——这实在也正是一种沉静寂灭和夜色将临的前兆。

这一种淡淡的日暮的摇动，也感染到了露衣莎·霭丽思的身上。她在她的起坐室的窗前和平沉静地缝她的针线已经缝了一个下半日了。现在她很小心地把针儿插入了她的正在缝纫的衣服之中，把这衣服折叠得整整齐齐，更和她的顶针和线球剪刀之类一道安放入了一只手提篮里。露衣莎·霭丽思在她的一生里从没有把这些妇人缝纫用的随身小件乱放遗失过一次，这些随身的用具，因为使用得很久和长不离手的原因，几乎是已经变成了她自己的形体的一部分的样子。

露衣莎在胸前腰际缚上了一条绿色的胸围，取出了一顶周围缀着绿色丽绷的平顶宽边的草帽来。然后拿了一只蓝青的粗窑小碗，她为摘取夜点心的莓果而走到了园中。莓果摘取之后，她就坐下在后门台阶的段上，在那里摘下这莓果的茎来，很小心地把摘下的茎干又收聚在胸围斗里，然后她就把这些不要的茎干丢入了鸡笼。她又向台阶边上的草里深沉看视了一番，看她自己究竟有没有把茎干之类遗掉在那里的草间地上。

露衣莎的行动是很慢很沉静的，为准备一餐夜点心，她不得不费许多的工夫。但当准备好了之后，她却总把它安放得齐齐整整，看起来真仿佛她是她自己的一位尊客的样子。那张小方桌正摆在厨房的中心正中的地面，上面盖着一块浆得硬挺挺的麻纱桌布，桌布边沿上有种种的花形在那里放光。露衣莎有一块蔷薇色的绫巾罩在她的茶盘之上，茶盘里排放着一只满贮茶匙的细纹玻璃杯，一个收盛奶油的长银瓶，一只细瓷的糖碗，一副淡红细瓷的茶托和茶杯。露衣莎每天用的尽是些细致的瓷器——这是她和她的左右近邻们绝对不同的一件事情。邻居们关于这一点也在他们自己的中间在幽私地说长道短。因为他们在平时的饭桌上用的都是些平常的粗窑陶器，他们的最好的全副细瓷器具，常宝藏在客厅的食器架上的，而露衣莎·霭丽思也并不见得比他们富裕，并不见得比他们更高一等，可是她却老在用那一种细瓷的食器。她的晚餐的蔬菜，是一满玻璃盆的糖拌的莓果，一碟小圆烧面包和一碟脆白的饼干。还有一两叶卷心洋萵苣菜的菜叶，是经她切得很细致优美的，也摆在那里。露衣莎最喜欢这洋萵苣菜，在她那小小的园里，她是把这菜培养得十分完美的。虽然是很少量很文雅地在吃，可是她却吃得很称心。看她那种吃的样子，觉得一堆颇不少的食物竟会消蚀下去的这件事情，简直是一件奇事。

吃完了夜点心之后，她就倒满了一碟烤得很精致的小圆薄面包，拿着走到了后面的院子里头。

“西撒!”她叫着说，“西撒！西撒!”

院子里听得见一种突冲的声音和一条链子的击响，半隐藏在高茎杂草和花枝中间的一间小小的狗舍门口，就现出了一只大的黄白犬来。露衣莎拍拍它的头，把那碟小圆薄面包给了它吃。于是她就回转到屋里，去细心地洗涤茶器，揩擦细致杯碟去了。黄昏的黑影深了起来；从开在那里的窗口飞进来的蛙唱的声音，异常地响而且锐。忽而一阵尖锐的长响又侵入了窗来，是一只雨蛙的鸣声。露衣莎脱去了她的绿色棉布的胸围。里面露出了一条红白印花的较短的棉纱胸围来。她点上了洋灯，就又坐下去再去缝她的针线。

约莫半点钟之后，爵·达盖脱走向她的屋里来了。她听见他的沉重的脚步在步道上走，就立了起来脱去了那条红白印花的胸围。在这印花胸围之下另外她还有一条穿在那里——是一条下面用细麻纱镶着滚边的白葛布的胸围，这是当她接待客人的时候才服用的东西。若不是有客人在面前，她总是把那条缝纫时用的棉纱胸围罩在这条白葛布的胸围之上的。她用了一丝不乱的急速的手法把那条红白的胸围折叠好，然后又把它收藏在一只桌子的抽斗里面，恰正在这个时候门就开了，爵·达盖脱走了进来。

他一走进来就仿佛是全间屋里都充满了他的行动身体似的打破了这屋里的和平沉静的空气。本来是睡着在南窗前的绿笼里的一只黄而且小的金丝雀惊醒了转来，在笼里不安似的振翮摇动，把它的两只黄小的翅膀死劲地在向笼丝扑打。这小鸟当爵·达盖脱走进这屋里来的时候总没有一次不是这样的。

“请你的晚安。”露衣莎说。她伸出她的手去，仍保持着一种谨严恳笃的态度。

“请你的晚安，露衣莎。”这男子用了粗大的声音回答她。

她替他摆好了一张椅子，两人就隔住了一张桌子而遥遥相对地坐下了。

他挺身坐在那里，把他那双粗重的脚端端正正地伸着，做了一种适意的谨严的态度在看周围屋里的样子。她虽也坐得很直，可是优婉得可怜，把她那双纤手安放在着白葛布的膝上。

“今天真是一天好天气呀。”达盖脱说。

“嗳，天气是真好，”露衣莎柔婉地附和着说。停了一会，她又问他，“你今天在晒干草么?”

“是的，我今天晒了一天的干草，在下面十亩地的大空场里。真是了不得的苦工。”

“可不是么?”

“是啊，是在太阳火里的苦热的工作呀。”

“你母亲今天好么?”

“嗳，母亲是很好的。”

“李丽玳儿现在是在她那里罢?”

达盖脱涨红了脸。“是的，她是，在她那里。”他迟迟地回答了一声。

他的年纪已经是不很轻的了，可是在他的那张大脸上却还映着一种小孩子似的神气。露衣莎的年纪并没有他那么大，她的颜面也要比他的白净光洁些，可是看将起来总觉得她似乎要比他老一点的样子。

“我想她一定是很能帮助你母亲的。”她又继续着说。

“我想她是的。母亲若没有了她，我怕她老人家将不能够过去哩。”达盖脱说，表示着一种困惑的热情。

“她真是一位很能干的姑娘。并且她也很好看。”露衣莎说。

“是的，她的相儿是很好看的。”

忽而达盖脱弄起摆在桌子上的书本来了。桌上有一本红方的署写姓名的册子和一本少妇的礼赠之书摆在那里，原系是属于露衣莎的母亲的东西。他一本一本地拿了起来，打开来看了一下；然后又把它们搁下，把那本署写姓名的册子搁上了那本礼赠之书的高头。

露衣莎含了一种柔婉的不安的样子尽在守视着那两本书。最后她终究站了起来，把书本的位置换过，将那本署写姓名的册子换放成了底下的一本。这是这两本书的本来摆在那里的样子。

达盖脱做了一脸稍觉难受的微笑。“把两本书中间的任何一本摆上了高头，那又有什么关系呢?”他说。

露衣莎含着了一脸请求原谅的微笑看了他一眼。“我可是常是那样的把它们摆着的。”她轻轻地说。

“你对无论什么物事总是那么不惮烦地细心的。”达盖脱又装着笑脸说，他的那张大脸却红涨起来了。

他在那里总又坐了一个钟头的光景，然后立起来要走了。正在走出去的中间，他钩着了一块炉前的粗毯几乎跌了一跤，把身体撑住复回原来的姿势的时候，却又冲着了放在桌上的露衣莎的提篮，终于把它打翻掉到了地上。

他先看看露衣莎，然后又看看在地上滚动的线球之类；就很笨重地把身体伏了倒去想要把它们来捡拾起来，但她却劝阻他可以不必。“不要紧的，”她说，“等你去了之后我会来捡拾起来的。”

她说话的时候略带有一种很不易觉察的偏执的样子。或者她是有一点被搅乱得不自在了，或者也许是他的神经兴奋状态感染了她的缘故，故而使她在竭力想慰抚他要他安心的态度中间露出了一点仿佛是勉强的神情。

爵·达盖脱一走到了外面，便深深地吸了一口甜美的夜间的空气而长叹了一声，并且感到了一种如释重负的感觉，正同一位无邪而满怀好意的粗暴野汉闯大祸而从一家贩卖精细的瓷窑器店里退出来的一样。

一面，在露衣莎的方面呢，也感到了一种同样的感觉，正仿佛同一位善心的着急很久的贩卖瓷器的店主，于那个同野熊似的粗汉退出店后所感到的感觉一样。

她先缚上了那条红白印花的，然后又缚上了那条绿色的胸围，将打翻在地上的各种物事一一细心地捡起重把它们放入了原来的手提篮里，更将那块炉前的粗毯铺了一铺平直。她又把洋灯移放到了地板之上，很精细地检视起铺地板的毛绒毯来。她甚至把手指伸出向地板上去擦擦，又举起手指来审视了一回。

“他却踏进了许多灰尘来在这里，”她轻轻地念着说，“我本来就在想他是一定要踏进些来的。”

露衣莎就拿出了一个盛灰的盘和刷子来，很细心地把爵·达盖脱的足印扫了一扫干净。

这事情假若是使他知道了的话，那这又必将增加上些他的困惑与不安无疑，虽然这对于他对她的一片至诚之心原是丝毫也不会有什么影响的。他每礼拜要来看露衣莎·霭丽思两次，而每次来的时候，坐在她的这间收拾得很精雅而又香又软的屋里，他总觉得身体的四面是仿佛被细致的花边篱笆包围住在那里的样子。他真怕敢动一动，免得他的那双粗手粗足要将这同神话里老有的似的细蛛网儿触破，并且他也老觉着露衣莎也在那里很担心地守着他，怕他真的要闯出这样的祸来。

可是不晓怎么的这种细致的花边网和露衣莎总在强迫着要求他的无条件的尊敬与忍耐和忠诚。在他们的中间是已经经过了一个差不多有十五年之久的特异的求婚情事的，现在是在一个月之内就要结婚了。在这十五年中的十四年间他们俩竟没有见到过一次面，并且两人之间在这十四年中就是来往的信件也是交换得很少很少的。爵在这十四年中就一径住在奥斯屈拉利亚他到这金矿地去本就为想发财而去的，一去他就住下在那里直到他发到了财为止。若说想发到财非要在那里住五十年不可的话，那他也许会在那里住五十年，等到了衰老得连走路都颠摇不定的时候才回来和露衣莎结婚也说不定，或者简直是死掉在那里再也不回来和露衣莎结婚也说不定。

但是十四年间财是发到了，而他也为想和在这十四年中间一点儿也不起疑惑只在忍耐地等着他的这个女人结婚的原因回到故乡来了。

在他们的定婚之后不久，他就把他的想到这新矿地去的计划，和打算在他们结婚之前弄到一宗相当的财产的决心对露衣莎说了。她听了他的话也仍旧不失她的那种优美的沉着的态度对他表示了同意，这一种优美的沉着的态度是永也不会从她的身边失去的，就是当她的爱人要出发就道去试那个前途不定的很远的旅行的时候，她也仍旧是这样保持着在那里。至于虽则是被他自己的铁样的决心鼓励得很坚固的爵呢，到了最后的一刹那却有点忍不能忍地颓丧起来了，但是露衣莎仍不过是脸上露了一点微红上前去和他亲了个嘴，好好地和他诀别。

“总之这是不要几年的。”可怜的爵压住了情热嗄声地说。但是这一个“不要几年”却成了十四个年头。

在这一个时期之内有许多出乎意料以外的事情发生了。露衣莎的母亲和哥哥都死了，她在这世上就只剩了孤零零的一个，但是在这些事情中间的最大的一件却是一件微妙渐进的事情，是天性纯朴的他们俩所不能了解的——就是露衣莎的性情趣向走上了另一条路的这事情，这一条路呀，在平静的天地之间原是平坦的一条直道，可是只是直而不曲，一直要到了她的坟墓中间才告终结的一条道路，而且又是很狭，在这一条路上连容一个旁人在她边上的这点余裕都不能够有的。

当爵·达盖脱回来的时候（他是不曾把要回来的事情通知她的）露衣莎最初所感到的是一种惊愕之情，这在她对她自己虽则是不肯承认，而他也是再也梦想不到的事情，但这却是真情。在十五年之前她是的确对他发生过爱情的——至少她想她自己是这样的。正在那个时候，柔和地顺从追随着少女期的自然的春情，她是把将来的结婚这件事情当作一个合理的解决与人生的或然的愿望看的。她只以沉静的柔顺听取了她母亲对于这问题的意见。她的母亲是以富有冷静的理性与优美和平的气质见称的人。当爵·达盖脱来求婚的时候她母亲也曾很贤明地和她仔细讲过，所以露衣莎便毫无踌躇地接受了他。他实在是她的开情窦以来的第一个爱人。

她在这样长年的岁月中间对他是再忠诚也没有的了。对于去和另外一个人结婚的这一个想头，就是在梦里她也不曾梦到过。她的生活，尤其是最近的七年间的生活，老是充满着愉快的和平的色彩，对于她的爱人的远离异域她从来还没有感到过不满或难耐的心情，可是她却也老在打算着他的回来而在把两人将来的结婚当作一件事理的必不可免的结果看。但是呀，不晓怎么的她终于变成了一种奇怪的想法，把这一件结婚的事情总看作了将来很远很远的事实，由她看来，仿佛这件事情是非要到今生完毕他生开始的边际到来的时候不会实现的样子。

在十四年间她所盼望着，期待着和他结婚的爵现在如她所盼望着的回来的时候，她倒同从来也没有想到过这事情的人一样变得惊愕仓皇惘然不知所措了。

至于爵的惊惧震愕呢，在时间上比她的还要来得落后一点。他看看露衣莎，一看就觉得他旧日的那种赞美之情的确还有维护的价值。她比从前真没有变过什么。她仍复还保有着那种美丽的丰度和温柔的雅致，而她的一举一动一丝一发，他以为还是同从前一样的富有牵引力的，在他自己的一方面呢，他的应做的事情是已经做了，他已可以不再去孜孜于求利求财了，而旧日的那种寻奇猎美之风仍旧和往日一样的甜蜜一样的明朗，在他的耳朵里吁吁地吹啸。他在过去在这些风声里听惯的歌声原是露衣莎这一个名字。他直到现在也已经有好久好久还很忠诚地确信着他所听见的仍旧是这一个名字，但到了最后他觉得虽则风声里所唱着的歌总仍旧还是这一个，可是歌声里的人名却有了一个另外的名字了，而在露衣莎的一面呢，觉得这风声从没有比幽幽的微鸣更响一点过。现在可是连这微鸣都衰杀下去了，一切的事物都已经变成了静默。她半用意识似的静听了一忽儿，然后又很平静地转过了身仍复去缝她自己的嫁衣裳去了。

爵已经把他自己的房子规模很大很华壮的施了一番修改了。这当然仍旧是他那间旧日的农场里的老家，新婚的他们夫妇也非在那里住下去不可，因为爵不愿意抛弃他的老母，她老人家是不肯离去这一间她的老屋的。所以露衣莎就非离去了她自己的那间房子而去和他们同住不行，每天早晨，起床之后在她的那些整洁的处女时代的器具什物及娘家的一切所有物的中间走来走去走走的当儿，她看来看去总感觉得仿佛是一个人对于自己的亲爱者们的面孔以后怕将看不见了的样子。当然在一定的限度之内她原可以把这些物事带一部分去的，可是呀，把它们的旧日的情形位置变换之后，那它们简直要不是本来的它们一样地变成一种新样子的。并且此外还有许多在她的这个满足而清静的生活里的特异之处，她大约也非全部舍去了不可。以后比这些娴雅过细的日课更要辛苦的操作，大约也总要从集上她的身来。一间很大的房子不得不整理；朋友来往的交际不得不应酬；爵的严肃衰弱的老母不得不侍奉；而且农村里的节俭之风是很盛行的，她若用一个以上的使女的时候，恐怕又要违反这一乡的习俗。露衣莎在家里有一个小蒸溜器备在那里的，当夏天的节季她老爱把玫瑰，薄荷香草等的芳甘的花露蒸溜出来。但不久之后这蒸溜器也不得不高搁起来了。她的各种花露水原也已经积贮得很多了，可是此后单就为了蒸溜的快乐而去蒸溜的余闲总也要没有了罢。因为否则爵的母亲怕要以这事情为痴傻而笑她，她老人家对这事情况且已经讽示过意见了。露衣莎最喜欢把麻纱布类缝接拢来，并不常是因为有缝接的必要，她不过单是想享受享受在这中间的单纯柔雅的乐趣而已。只因为想享受享受这重把它们缝接拢来的快乐之故，她曾经几度地把已经缝好的接缝拆开来过了，这事情说出来大约她是总不乐意承认的，可是事实上她却老在那里干这一个玩意儿。在甘美日长的午后，坐在窗前，幽幽雅雅地把针头向纤细的织缝里穿缝过去的她，看起来实在好像是一位象征和平清静这一种情调的女神。但是在将来像这一种说起来原也可笑的寻求快乐的机会大约总也很少了罢。爵的母亲，这一位就是到了老年也专喜欢管人闲事生性不驯的老主妇，或者也竟许是具有烈烈轰轰的男性的粗鲁气质的爵他自己，对这些优美而无意思的老处女式的行为，大约总也要皱起眉头笑着出来劝阻的罢。

露衣莎对于她那间孤寂的住屋的整理与收拾，几乎抱有一种艺术家的热狂的样子。她看了被她揩擦得亮晶晶同珠玉似的放光的玻璃窗，心里头就会感到一种真正的得意的动悸。对她的整理得清清洁洁，里面的物事件件都折叠得好好，秩序整然而且带有些防虫紫菊花三叶香草和清洁这一件事情本身的气息的箱笼抽斗之类，闲雅地看看，她觉得看一辈子也不会看厌。以后光就是这一件事情还能够这样的存续下去不能，她也觉得很没有把握。她常有许多预想将来的可怕的幻觉，因为太可怕了，一半她却不得不自责自己的无礼猥亵而努力地在把这些幻觉排除开去，这些幻觉不外乎粗野的男子用的物事，这儿一堆那儿一簇地周围散放着的杂乱情形，和因为一个粗野的男子处在其中的缘故，在幽静雅洁保持着融和的色彩的环境之中必然要起来的那一种灰尘龌龊与凌乱的样子。

在她的种种不安的预感之中，还有一件并不能说不重大的，是关于西撒的事情。西撒在狗的中间实在可说是一只被幽闭在那里的禁犬。在它的一生中的大部分它只住在那间不与外界往来的狗舍里过去的，同它的同类的交游当然是断绝了的不必提起，就是各种无邪的狗类的娱乐它也一点儿也不曾有过。西撒从它的幼年初期以来从来也没有过上一只小白兔的洞穴边去静候捕捉一次的事情；上邻家的厨房门口去拖一块被抛出来的骨头来吃的快乐经验它也从来没有过的。这都因为当它还没有脱出小狗时期的时候犯下了一次罪的缘故。这一只相貌也很柔和，全体的样子也并不邪恶的老犬，对这一次罪恶的悔恨之情，究竟能有几许的深刻，那是谁也不能够知道；不过不管它究竟有没有生到悔恨，总之它却受到了十足的刑法的谴责了。老西撒在怒吠狂叫里举起声来的事情是很少有的；它身体长得很肥，老在做打盹想睡的样子；它的朦胧的老眼边上有两个黄色的圈纹看起来像煞是它戴在那里的眼镜；但是在一位它的邻人的手上却印着有几个西撒的雪白锋利的幼齿之纹在那里，因此它就不得不被系在一条链子的一头，孤孤单单地在这一间小舍里过它十四年间的独居生活了。被咬的这位邻人因为伤处的剧痛与怒恼的结果，要求或者将西撒来击毙或者将它完全放逐出去。所以狗的属主的露衣莎的哥哥就替它造成了一间狗舍把它吊系了进去，这已经是十四年前的事情了，在它的幼年活泼的浓兴之中它犯下了那一口可纪念的毒咬，以后除了在它的主人或露衣莎的严重监视之下以链子的一头为度，试过几次短短的游行之外，这一只老狗就完全变成了一个监狱里的囚犯了。

本来就没有多大野心的它对于这件事情究竟是否在感到无上的荣耀的，却是一个疑问，但是事实上它的身上居然也因此而担负着有一点不值钱的名誉。村里的许多大人和一般的小孩都在把它当作了一只狞猛的野兽在看。从恶名声的方面说来，怕露衣莎·霭丽思的这只老黄狗的名声并不在被圣乔治所屠斩的那条毒龙的名声之下的。母亲们老在用了严重的叮嘱告诫她们的子女，教大家都不要太走近这一只狗的身边，小孩们听了自然最乐意相信，被一种恐怖的快乐所迷引，他们于轻脚轻手地偷跑过露衣莎的房子的时候，对这一只可怕的老犬总不免抛几眼偷视或回头来看它一阵。假若偶然间它做一声嘎声的怒吼，那周围就要起大恐怖了。行路的旅人偶尔到露衣莎的院子里来的，总满怀了敬意对它看看，并且要寻问一声那链子究竟是坚牢的不是。西撒假如是照寻常的样子被放着的时候，那它也不过是一只极平常的狗罢了，绝不会引起人家的什么注意解释的，但是一被链子来锁起，它的恶名就加上了声势到它的身上，而它自己的本来面目也就因而失掉，看起来就变得阴暗朦胧异常的硕大了。不过有宽大的理性和粗暴的气质的爵·达盖脱对它却还能看出它的本来的面目来。他毫不会把露衣莎的婉转的警告摆在心上，敢大胆地直走上它的身边，去拍拍它的头，或者竟想试放它出来恢复它的自由。但因为露衣莎惊骇得太厉害了他才不敢下手，不过关于这事情他在这中间却总时时在很坚决地宣述他的意见。“在这镇上怕再也没有一只比它性情更好的狗了，”他总是这样的在说，“把它像那样的在那儿系锁起来实在是一件很残酷的事情。将来总有一天我要把它释放出来。”

将来她们的财产所有不得不完全并合在一起的时候，露衣莎怕他总有一天要实行这计划的。她一个人会想象起西撒在这一个清静而无守备的村子里头乱暴狂跳的样子来，她在想象里看见无辜的小孩们在路上遇着了它被它咬得血涔涔滴了。她自身呢，对这只老狗原是非常之痛爱的，因为它是属于她已死的哥哥的遗物，而它对她也老是很柔顺驯服的。但是她对于它的那种狞恶的野性，仍旧是抱有绝大的恐怖，坚信它是不会失去的。她老在告诫人家，教他们不要太走近它的身边去。她喂它的时候用的总是些玉蜀黍粉糊与小薄烧面包等制欲的食料，绝不用那些由肉类与骨头弄成的有刺激与残忍性的食品去激起它的危险野性来的。露衣莎守视着这老狗在咀嚼它那份单纯的食料，一边想起了她自己的就要到来的婚期，竟不觉惊愕了起来身体上起了颤栗。可是将代那种香甜的和平融洽的情调而起的乱杂与纷扰的预感，西撒的狂乱怒闯的兆头，与她那只小黄金丝雀的乱扑乱跳的事实等都不能给她以一点稍有变换的口实。爵·达盖脱却从来是就爱她的，他为了她并且是去苦劳了这些个年头了。不管它将来事情要变得怎么样，在她的一方面，总不能对他变作不忠不实而使他伤心失望的。她只在很优美地一针一针地细缝她的嫁时衣类，时间已经过去了，直到了去她的婚期只有一礼拜的日期之前。那是一天礼拜二的晚上，她们的婚期原是定在下礼拜三的日里的。

那是一天满月之夜的晚上。差不多九点钟的时候，露衣莎从村道上向下散了一程步。村道两旁都是成熟的稻田，是以矮矮的石墙做界的。石墙之旁生长着些丰盛的矮树之丛，中间也杂有些野樱桃老苹果等很高的杂树在那里。不多一忽露衣莎在石墙上坐下了，含了一种微微地悲哀沉思之情在向左右前后眺望。高高的乌果树丛与金莲花薮和悬钩子藤刀豆枝等结合交连在一处把她四边围住了。她在这些枝藤矮树之间占得了小小的一席空地。在村道的一面和她相对的一方，是一排延长的树列。月亮射在这些树枝的中间。树叶闪烁，都反射出了一层银色的光辉。路上在那里交互闪动的是美丽的银色和黑影相交的斑点。空气里充满着一种神秘的蜜腻香甜。“这难道是野葡萄么?”露衣莎轻轻地自对自的说。她在那里坐了好久的一会。正想立起来走的时候，她却听见了些脚步声音和轻轻的谈话之声。于是她就不得不静止着不动了。这本来是一个僻静的地方，她倒有点觉得胆小起来了。她想她应该在树影里静静地躲着，让这几个人，不管他们是谁，从她那里走过去才行。

但是当他们正要走到而还没有到她那里的时候，话声停止了，脚步声也同时不再听得出来。她才知道这些话声脚步声的主人也在石墙上坐下了。她正在想或者她可以不被他们觉察而轻轻地偷跑开他们，但正在这个时候话声又把静默打破了。这是爵·达盖脱的声音。她就静静地坐在那里听着。

说话开始之前先来了一声高声的叹息，这叹声同说话的声音一样是她所听惯的音调。“噢，”达盖脱说，“那么，我想，你总已经下了决心了罢?”

“是的，”另外的一种声音说，“我想到了后天就走。”

“那是李丽玳儿的声音。”露衣莎自己一个人在想。这话声连它的主人的形体都在她的心里唤醒过来了。她看见了一个高高的，身体长得很丰满的女孩，颜面是很有决心很细白的，在月光里看起来更觉得坚决更觉得洁白了，她的很浓厚的一头金发是编成一个紧紧的结拖在后面的。是一个满保着那种乡间女子特有的镇静强壮和丰润的女孩，她那种机灵的样子就是在一位公主的身上也是很配的。李丽玳儿是为村中大家所崇拜的一个宠儿，她却巧正具备着那种可以挑动人家的赞美的特质。她是一个又善良又美丽又聪明的女子。露衣莎听见人家赞美她的话语也已经不只一次两次了。

“嗳，”达盖脱说，“我也没有一句什么话好说。”

“我也不晓得你将怎么说。”李丽玳儿回答他说。

“真也没有一句话可以说的。”达盖脱重复着说，把话声沉重地拖得很长。于是就来了片时的沉默。“我想那也是很好的，我并没有什么悔恨之情，”到了最后他又开始说，“就是昨天居然那么的说出了——总之，无论如何我们是把我们中间互相感到的感情说出了。我想这是我们大家都明明知道的。当然我是没有法子把事情少许变动一点的。我不得不就这样下去，到下礼拜就和她去结婚。我哪能够把一个已经等了我十四年的女人舍去，而使她伤心失望的呢。”

“假如你明天要这样的薄情欺她的话，那我就不要你了。”那女孩忽然含了热情大胆地辩护着说。

“嗳，当然我不会这样的，给你这一个不要我的机会的，”他说，“不过我也不相信你真会不要我的。”

“你瞧着我可真会的。男子汉大丈夫，名誉正义哪能够不顾着的呢。假如有一位男子为了我或另外无论哪一个女孩而把这些名誉正义都弃抛了的话，那我将一点儿也瞧他不起哩。爵·达盖脱，你瞧着罢，往后你才知道我的厉害。”

“嗳，你马上就可以看到，我将不为了你或另外无论哪一个女孩，而把名誉正义等全都置之于度外。”他回答说。他们俩的话声，简直仿佛是两人各含了怒气互相在那里争论答辩的样子。露衣莎尖起了耳朵在听着。

“你觉得你非走不可的这一件事情我是很在替你痛心的，”爵说，“不过我也想不出法子，或者这是最善的一法罢。”

“这当然是最善的一法。我希望你和我都能够有充分的常识才行。”

“嗳，我想你倒是不错的。”爵的声音忽而变了一种柔和慰抚的低调。“喂，李丽，”他说，“我是总可以马虎过去的，但我真不忍想到——你总不至于为此而烦闷伤心罢?”

“我想你总不至于看到我将为了一个已和他人结过婚的男子而烦闷伤心。”

“嗳，我真希望你能如此，——李丽，我真希望你能如此。我的心只有上帝知道。并且——我希望——将来你总有一天——或者你会——遇到一个另外的人——”

“我想我也没有必不会的理由。”忽而她的话声调子变了。以后她就用了一种甘美清彻的声音，说得格外得响，就连在大道之外都可以听到她的话声。“不，爵·达盖脱，”她说，“我这一生中是再也不想和另外一个人结婚了。我是有彻底的常识的，我哪会故意去摧断我自己的肝肠忍心去做一个大傻瓜呢；我可是再也不想结婚了，这一点可以保证你的。我并不是那样的女子，可以把这事情重来一遍的。”

露衣莎在矮树丛的背后听到了一声深沉的感叹和一种温软的动摇。然后李丽又开始说——这声音听起来仿佛是她已经立起来在那里的样子。“这下回可不能再来的了，非加以制止不行，”她说，“我们在这里耽搁得也太久了，回去罢。”

露衣莎在那里坐着呆住了，一边却在听着他们走回去的脚步声音。停了一会她也站了起来轻轻地溜回了家中。第二天她把家里的事情仍旧很有秩序地做了，这是同呼吸一样地有一定的程序的事情，但是嫁时穿着的衣裳她却不再缝了。她坐在窗边尽在那里沉思默想，到晚上爵又来了。露衣莎·霭丽思从来不晓得她自己是有应付事情的外交手段的，但那一天晚上正要用它的时候，她却也居然自己在她的仅少的女性的自卫武器之中发现了，虽则这原不过是一种性质很柔和的武器。就是到了现在她也几乎不能自信她所听到的是真的不错的，她还在疑惑不决，假如她把她的婚约解除的时候究竟会不会给爵一个很大的打击，她非要暂时把她自己的关于这事情的意思隐瞒一下，先来探探他的意思看不可。她的这外交术居然成功了，最后他们俩竟达到了互相了解的程度。不过这也不是一件容易的事情，因为他也和她一样的在害怕，生怕他自己的心迹要破露出来。

她并不提起李丽玳儿的名字。她单只是说，她对他也并没有一点不满意的地方，不过她像这样一个人已经住得很久了，真怕把她的这一个生活样式来改变一下。

“嗳，露衣莎，我是绝不怕的，”达盖脱说。“我若老老实实地说，那我想或者这样倒也比较得好些，不过假如你若愿意守约嫁我的话，那我到死为止绝不会有二意的。我想这一点你总明白的罢。”

“是的，我是明白的。”她说。

那一天晚上她和爵分手的时候觉得比在往日还要恩爱，她们俩有好久好久不曾感到这样的温存慰贴过了。两人各握着手，立在门口悲哀的记忆的最后一阵大浪各打动了他们俩人的衷心。

“嗳，这却不像诸事已经终了的样子如我们所想的一样，露衣莎，是不是?”爵说。

她只摇了摇她的头，在她的沉静的脸上却露现了一阵小小的痉挛。

“我若能帮助你替你做些事情的地方，尽管请你来叫我，”他说，“我是永也不会忘记你的，露衣莎。”于是他就和她亲了一个嘴，沿着村道走下去了。

露衣莎，在那一天晚上只剩了她孤零零一个人的时候，也稍稍流了一阵眼泪，她却不晓得究竟是为了什么。但到了第二天的早晨，当醒转来的时候，她觉得自己正同一位怕把江山失掉的女皇得到了确实的保证的时候一样。

现在是高茎的杂草可以尽管在西撒的那间幽居的小舍周围丛生起来，雪也可以继续不断地落上它的这间小舍的屋顶上来，而它却绝不会到无守备的村子里去狂暴作乱了。现在那个小金丝雀夜夜可以尽管由它去滚成一个和平的小黄圆毯而安眠，不致被恐怖惊醒转来而将它的翅膀打扑上笼丝去了。露衣莎可以由她己心之所欲，尽量地去缝接麻纱，蒸溜蔷薇，打扫揩擦与整整齐齐的折叠衣类去了。那一天下午她在窗前缝着针线，觉得完全是沉浸在和平的空气里的样子。高高的，挺直的，艳丽的李丽玳儿从窗前走了过去；可是露衣莎却一点儿也没有感到难受。即使说露衣莎·霭丽思在不晓得的中间因图一时的安逸而将她的永久的权利卖去了的话，那也是无伤的，这一时的安逸的滋味实在是鲜美得很，并且到如今为止在这样长的岁月里，这实在是她的唯一的慰安满足的源泉。和平的静肃与狭隘的安宁在她实在是同永久的权利一样地适合的。她邈想着一长列的未来的日子，看到了这些日子都是圆滑无疵纯洁得同一串念佛珠上的珠子一样，每一天总同其他的日子相像，她的心中就不觉充满了感谢之情而高涨了起来。屋外头是炎热的夏天的午后，空气里散满着繁忙的收获期里的人和鸟与蜜蜂的声音，有喂喂的叫声，有金属器具冲击的声音，有甜蜜的嘤嘤鸟鸣之声，有冗长的蜜蜂的哼声。露衣莎坐在那里，心里头满贮着祈祷的时候的虔敬之念在细数她的未来的日子，真像是一位不入庵院的清静的尼姑。

* * *

上面译出的美国 Mary E. Wilkins 女士的一篇小说 *A New England Nun*，系由纽约 Harper&Brothers 书店出版的小说集 *A New England Nun and other stories* 里译出来的。原作者味儿根斯女士于一八六二年生在 Massachusetts 的 Randolph，家里是一个严守着 Pu i' anism 的清教徒的家庭，年纪很轻的时候曾被携至 Vermont，到了女学校卒业之后，又重回到了兰道儿夫来。一九〇二年和 Dr. Freeman 结了婚，以后就在 New Jersey 住下了。一八八六年印行了她第一本的短篇小说集，嗣后就有许多长短篇的小说创作出来。她善于描写纽英格兰人的顽固的性格，美国的一位批评家 William Lyon Phelps 甚至比她为查拉，高尔基，说她描写下层工农的情状性格，要比上举两大家更来得合理逼真。少年批评家 Carl Van Doren 也说她是美国 Local fiction 的代表者，加以无限的赞许。我也觉得她的这一种纤纤的格调楚楚的丰姿，是为一般男作家所追赶不上的。译文冗赘，把原作的那种纯朴简洁的文体之美完全失去了。并且浅薄轻率的译者，对原文总不免有解错的地方，这一点要请高明的读者赐以指教才行。

还有原文里的几个名字，因为译者读不清楚，所以仍将它们写出在下面。

女主人公 Louisa Ellis

男主人公 Joe Dagget

还有一位女人 Lily Dyer

狗 Caesar

圣乔治的毒龙 St. Georg's Dragon

最后原作者弗丽曼夫人的其他的著作的重要者，顺便也举两篇在这里：

A humble romance and other stories.

Silence and other stories.

Pembroke.

The Portion of labor.

The shoulder of Atlas. etc.

一九二九年三月

一女侍

（爱尔兰）G·摩尔（George Moore）

觉得自家是再也不会回司各脱兰来了，司替文生在他的小说*Catriona*的序文上说："同梦境似的我看见我父亲的幼时，我父亲的父亲（祖父）的幼时，我也看见在那极北一角的生命的源流一直下来，还带着些歌泣的声音，最后轮流到我就同山洪爆发似的将我奔流远送到这极边的岛国里来了。运命的拨弄使我不得不赞美，不得不俯首。"这一句话，岂不是像在一种热情奔放的时候写的，仿佛是一边在写，一边他还在那里追逐幻影的样子，你说是也不是？并且这一句话还可以使我们联想到扑火的灯蛾身上去。总之，不管它的真意如何，这一句话，实在包含着几句很美丽的句子，虽则我们不能照原形将它记着，但总是可以使人念念不忘的。我们即使忘记了"歌泣"两字和"奔流远送"等字眼，但在我们的记忆里，却马上有一个比较单纯的字眼来代替的。司替文生所表现的情感，只在"运命的拨弄""极边的岛国"等字上迸发出来。世人谁不觉得命运是拨弄人的？又谁不赞美那运命迁他出去的极边的岛国？

教皇命令出来，要活剥皮的琪亚可莫圣冼，大约也一定在赞美运命拨弄他的那极边的岛国，就是行刑者用以将他的大腹皮同前褂似的卷起来的那块绑缚的板。有一次，我在大街上看见一只野兔在架上打鼓，它很有意思地望着我，我晓得这野兔也一定虽则和人不同地在赞美它的运命，将它从树林里迁徙出来，迁它到提架的上面，这提架就是它的极边的岛国。但是这两宗运命的拨弄，并不算稀奇，并没有我遇见的一位爱尔兰的女孩子的运命那么稀奇。她系在拉丁区的一家极边的咖啡馆里侍候学生们的饮食的。她当然也在赞美运命，将她抛将出来，命定她在烟酒中送她的残生，侍候许多学生，他们爱听什么话，她就也不得不依顺他们。

在听完戏后，想寻些短时间的娱乐，艾儿佛、达伐利小姐和我三人，（有一天晚上）终于闯进了这一家咖啡馆。我本来想，这一个地方，对于达伐利小姐有点不大适宜，但是艾儿佛说，我们可以找一个清静的角落去坐的，所以结果就找到了一个由一位瘦弱的女侍者所招呼的地方。这一位女招待的厌倦的容颜，幽雅的风度和瘦弱的体格，竟唤起了我的无限的同情。她的双颊瘦削，眼色灰蓝，望去略带些忧郁，像 Rosetti 的画里的神情。波动的紫发，斜覆在额旁耳上也是洛赛蒂式的很低的环结在脖子的后面。我注意到了这两位妇人的互相凝视，一个康健多财，一个贫贱多病。我更猜度到了这两妇人在脑里所惹起的深思。我想两人一定各在奇异，何以一样的人生，两人间会有这样的差别？但是在此地我不得不先说一说谁是达伐利小姐，和我何以会和她认识。我有一次到罗雪泥曾在吃饭过的泰埠街角的咖啡馆托儿托尼去。托儿托尼从前是很有名的，因为据说音乐家的罗雪泥得到两万块钱一年的收入的时候，他曾说过："现在我对音乐也可以满足了，总算是得到报酬了，以后我可以每天到托儿托尼去吃饭去。"就是现在，托儿托尼，也还是文学家艺术家的聚会之所，这些文人艺士大约在五点钟的时候，都会到来的，我到巴黎的那一天所以也一直地进了这托儿托尼。到那儿去露一露脸，就可以使大家知道，我是在巴黎了。托儿托尼简直是一种变相的公布所。是在托儿托尼，我就于那一天遇见了一位青年。我的一位老朋友，是一位天才画家，他有一张画在鲁克散蒲儿古陈列着，巴黎的女子大抵都喜欢他的。这一位青年，就是艾儿佛，他拉住了我的手，很起劲地对我说"我正在找你"，他说他听见了我的到来，所以从妈特兰起到托儿托尼止，差不多几家咖啡馆都找遍了。

他所以要找我，就是因为他想找我去和达伐利小姐一道吃饭，我们先要上加飘新街去接她。我把这街名写出来，并不因为是她所住的街和我的小说有关，却因为这名字是一种唤起记忆的材料。喜欢巴黎的人，总喜欢听巴黎的街名，因为街名和粉饰的墙上紧靠着的扶梯、古铜色的前门、叫门的铃索等，是唤起巴黎生活的记忆的线索，并且达伐利小姐自身，就是一个忘不了的好纪念，因为她是皇家剧场的一位女优。我的朋友，也是一个使人不能忘记的怪物，因为他也是一个以不花钱逛女人为名誉的游荡子，他的主义是“工作完后，她若喜欢到我的画室里来玩玩，那我们落得在一道快乐快乐”。但是不管他的主义是如何的不愿为妇人花钱，而当我在达伐利小姐的室内看她的装饰品的时候，和当她出来见我们的时候，他的那种郑重声明，我想是可以不必的。她的起坐室里，装饰着些十六世纪的铜物，掘雷斯顿的人形，上面有银的装饰的橱棚，三张蒲奢的画——代表蒲奢的法国，比利时，意大利三时代的作风的三张画。当我看了这些装饰品，正在赞赏的时候，他却郑重地申明说，这些并不是他送她的，她出来见我们的时候，他又郑重地申明说，她手上的手钏，也并不是他送她的，他的这一种申明，我觉得是多事。我觉得特别提起他的不送她东西这些话来，或者是一种不大高尚的趣味，因为他的说话，曾使她感到了不快，并且实际上我也看出了她同他一道出去吃饭，似乎并不同平常一样十分欢喜似的。

我们在发耀馆吃的饭，是一家旧式的菜馆，那些墙上粉饰成金白色，电灯乐队之类的流行趣味，却是很少的。饭后就到间壁的奥迪安剧场去看了一出戏，是一出牧童们在田野里溪流的边上聚首谈心后，又为了不贞节的女人，互相杀戮的戏。戏中也有葡萄收获，行列歌唱，田野里的马车歌唱等种种的场面，可是我们并不觉得有趣。并且在中幕奏乐的当儿，艾儿佛跑到剧场内的各处去看朋友去了，将达伐利小姐推给了我。我却最喜欢看一对恋爱者正在进行中的玩意儿，爱在这一对恋爱者所坐的恋爱窝巢的边上走走。戏散了之后，他说“去喝一杯罢!”我们所以就到了那家学生们常进出的咖啡馆。是一家有挂锦装饰在壁间窗上，有奥克木桌子摆着，有旧式的酒杯有穿古式的衣裳的女招待的咖啡馆。是一家时时有一个学生进来，口衔一个大杯，一吞就尽，跌来倒去的立起来不笑一脸就走的咖啡馆。达伐利小姐的美貌和时装，一时把聚在那里的学生们的野眼吸收尽了。她穿一件织花的衣裳，大帽子底下，露着她的黑发。她的南方美人特有的丰艳的肤色在项背上头发稀少的地方，带着一种浅黄深绿的颜色。两只肩膀，又是很丰肥地在胸挂里斜驰下去，隐隐在暗示她胸前腰际的线条。将她的丰满完熟的美和那个女招待的苍白衰弱的美比较起来，觉得很有趣味。达伐利小姐将扇子斜障在胸前，两唇微启，使一排细小的牙齿，在朱红的嘴唇里露着，高坐在那里。那女招待坐在边上，将两只纤细的手臂支住桌沿，很优美地在参加谈话，只有像电光似的目光一闪射的中间，流露出羡怨的意来，仿佛在说她自己是女人中的一个大失败，而达伐利小姐是一个大成功。她说话的口音，初听还不觉得什么，然而细听一会，却听得出一种不晓是哪一处的口音来。有一处我听出了一个南方的口音，后来又听出了一个北方的，最后我明明白白听到了一句英国的腔调，所以就问她说：

“你倒好像是英国人。”

“我是爱尔兰人，是杜勃林人。”

想到了一个在杜勃林礼教中养大的女孩，受了运命的拨弄，被迁到了这一个极边的咖啡馆里，我就问她，何以会弄到此地来的？她就告诉我说，她离开杜勃林的时候，还只有十六岁，六年前她是到巴黎来做一家人家的家庭教师的。她老和小孩子们到鲁克散蒲儿古公园去玩，并且对他们说的是英国话。有一天有一个学生和她在同一张椅子坐在她的边上。其余的事情，可以不必说而容易地想得出了。但是他没有钱养她，所以她不得不到这一家咖啡馆来做工过活。

“这是和我不相合的职业，但是我有什么法子呢？我们生在世上，不吃究竟不行，而此地的烟气很重，老要使我咳嗽。”

我呆看了她一忽，她大约是猜破了我脑里所想的事情了，就告诉我说，她的肺，已经有一边烂去了。我们就又讲到了养生，讲到了南方的天地。她又说，医生却劝她到南方去养病去。

艾儿佛和达伐利小姐讲话正在讲得起劲，所以我就靠向了前把注意力的全部都注在这一个可怜的爱尔兰女孩子的身上。她的痨症，她的古式的红裙，她的在皱褶很多的长袖口露着的纤纤的手臂，却引起了我的无穷的兴味。照咖啡馆里的惯例，我不得不请她喝酒的。但她说，酒是于她的身体有害的，可是不喝又不好，或者我可以请她吃一碟牛排。我答应了请，她叫了一碟生牛排，我但须将眼睛一闭，而让她走上屋角去切一块生牛肉下来藏着。她说她想在睡觉之前再吃，睡觉总须在两个钟头以后，大约是午前三点钟的时候。我一边和她说话，一边却在空想南方的一间草舍，在橄榄与橘子树的中间，一个充满着花香的明窗，而坐在窗畔息着的，却是这个少女。

“我倒很喜欢带你到南方去，去看养你的病。”

“我怕你就要讨厌起来。并且你对我的好意，我也不能相当地报答你，医生说，我已经不能再爱什么人了。”

大约我们是已经谈得很久了，因为艾儿佛和达伐利小姐立起来要去的时候，我仿佛是从梦里惊醒过来的样子。艾儿佛见了我那一种样子，就笑着对达伐利小姐说，把我留在咖啡馆里，和新相识的女朋友在一道，倒是一件好事。他的取笑的话插穿了，我虽则很想剩在咖啡馆里，但也不得不跟他们走到街上去。皎洁的月光，照在街上，照在鲁克散蒲儿古的公园里。我在前头已经说过，我最喜欢看一对恋爱者正在进行中的玩意儿，可是深夜人静，一个人在马路上跑，却也有点悲哀。我并不再向那咖啡馆跑，我只一个人在马路上行行走去，心里尽在想刚才的那个女孩子，一边又在想她的一定不可避免的死，因为在那个咖啡馆里，她一定是活不久长的。在月光的底下。

在半夜里，这时候城市已经变成了黑色的雕刻了，我们都不得不想来想去地想，我们若看看卷旋的河水，诗意自然会冲上心来。那一天晚上，不但诗意冲上了我的心头，到了新桥附近，文字却自然地联结起来，歌咏起来了，我就于上床之先，写下了开头的几行，第二天早晨，继续做了下去，差不多一天的光阴，都为这一首小诗所费了。

只有我和您！我且把爱你的原因讲给你听，
何以你那倦怠的容颜，琴样的声音，
对于我会如此的可爱，如此的芳醇，
我的爱您，心诚意诚，浑不是一般世俗的恋情。
他们的爱你，不过是为你那灰色的柔和的眼睛，
你那风姿婀娜，亭亭玉立的长身。
或者是为了别种痴念，别种邪心，
但我的爱你，却并非是为这种原因。
你且听，听，
我要把爱你的原因讲给你听。
我爱看夕阳残照的风情，
我爱看衰飒绝人的运命，
夕阳下去，天上只留存一味悲哀的寂静，
那一种静色，似在唱哀挽的歌声，
低音慢节，一词一句，总觉伤神，
可怜如此，你那生命，也就要消停，
绝似昙花一现，阴气森森，
你的死去，仿佛是夕阳下坠，天上的柔和暮色，

渐减空明，……

我要把你死前的时间留定，

我的爱正值得此种酬报，我敢声明。

我虽则不曾爱过任何人，

但我今番爱你，却是出于至诚的心。

我明知道为时短促，是不长久的柔情，

这柔情的结果，便是无限的凄清，

而这凄清的苦味，却能把浓欢肉欲，化洁扬尘，

因为死神的双臂，已向你而伸，

他要求你去，去做他的夫人。

或者我的痴心，不可以以爱情来命名。

但眼看你如春花的谢去，如逸思的飞升，

却能使我，感觉到一种异样的欢欣，

比较些常人的情感，只觉得纯真。

你且听，听，

我要拣一个麦田千里的乡村，

在那里金黄的麦穗，远接天际的浮云，

平原内或许有小山几处，几条树荫下的野路纵横，

我将求这样的一处村落，去度我俩的蜜月良辰；

去租一间草舍，回廊上，窗门口，要长满着牵缠的青藤，

看出去，要有个宽大的庭园。绿叶重荫，

在园里，我们俩，可以闲步尽新秋残夏的黄昏，

两人的步伐，渐渐短缩，一步一步，渐走渐轻，

看那橙花树底，庭园的尽处，似乎远不可行，

你将时时歇着，将你的衰容倦貌，靠上我的胸襟，

再过片刻，你的倦体消停，

我就不得不将你抱起抱向那有沙发放着的窗棂，

在那里你可吸尽黄昏的空气，空气里有花气氤氲。

最可怜，是我此时情。

看了你这般神色，便不觉百感横生。

像一天阴闷的天色，到晚来倍觉动人，

增加了那种沉静的颜色，蓦然间便来了夜色阴森，

如此幽幽寂寂，你将柔和地睡去，我便和你永不得再相亲。

我将悲啼日夜，颗颗大泪，流成你脸上的斑纹，

将你放向红薇帐底，我可向幻想里飞腾，

沉思默想，我可做许多吊奠你的诗文。

我更可想到，你已离去红尘，

你已离去了一切卑污的欲念，正像那颗天上的

明星，

她已向暮天深处，隐隐西沉。

死是终无所苦，唉，唉，我且更要感谢死的恩神，

因为他给了我洁白的礼品，与深远的和平，

这些事在凡人尘世，到哪里去追寻。

这当然不是整个的好诗，但却是几行很好的长句，每行都是费过推敲的句子，只有末尾倒数的第二句差了些，文中的省略，是不大好的，光省去一个“与”字，也不见得会十分出色。

死是终无所苦，我要对死神感谢深恩，

感谢他给我了一个洁白的不求酬报的爱情的礼品。

哼哼地念着末数行的诗，我一边就急跑到鲁克散蒲儿古公园附近的那家咖啡馆去。心里却在寻想，我究竟有这样的勇气没有？去要求她和我一道上南方去住。或者是没有这样的勇气的，因为使我这样兴奋的，只是一种幻想，并不是那种事实。诗人的灵魂，却不是慈善家那丁艾儿的灵魂。我的确是在为她担忧，我所以急急地走往她那里去，我也不能说出为的是什

么。当然不是将那首诗去献给她看，这事情的轻轻一念也是肉麻得不可耐的事情。在路上我也停住了好几次，问我自家为什么要去，去有什么事情？可是不待我自己的回答，两只脚却向前跑了，不过心里却混然感觉到，原因是存在我自己的心里的。我想试试看，究竟我是能不能为他人牺牲一切的，所以进了咖啡馆，找了是她招待的一张桌子上坐下的时候，我就在等。但是等了半天，她却不来，我就问边上的一位学生，问他可晓得那个女招待。他说他晓得的，并且告诉了我她的病状。他说她是没有希望的了，只有血清注射的一法，还可以救她的命，她是已经差不多没有血液在身上了。他详细地述说如何可以从一个康健的人的手臂上取出血清来，如何注射到无血的人的脉里去。不过他在说着，我觉得周围的物影朦胧起来了，而他的声气也渐渐地微弱了下去。我忽而听见一个人说“喂，你脸上青得很！”并且听见他为我要了白兰地来。南方的空气，大约是疗她不好的，实际上是无法可施了，所以我终于空自想着她的样子而跑回了家里。

二十年过去了。我又想起了她。这可怜的爱尔兰的姑娘！被运命同急流似的抛了出去，抛到了那一家极边的咖啡馆里。这一堆可怜的白骨！我也不觉对运命俯了首，赞美着它，因为运命的奇迹，使我这只见过她一面的人，倒成了一个最后的纪念她的人。不过我若当时不写那首诗或者我也已经将她忘了。这一首诗，我现在想奉献给她，做一个她的无名的纪念。

***

本文系自 *George Moore's Memoirs of My Dead Life* 里译出，题名 *A Waitress*，原书是美国 D. Appleton & Co. 1932 年版。

一九一七年九月十九日

春天的播种

（爱尔兰）L·奥弗拉赫德（Liam O'Flaherty）

马丁·弟来尼和他的妻子马利起来的时候，天还没有亮。马利从终夜未息的炉灶灰里挖出还在燃烧的煤炭来的当儿，马丁只穿了一件短衫立在窗边在向外边呆看，一边还擦着眼睛，打着呵欠。外面，雄鸡已在鸣了，一缕白痕从地上升起，渐渐地在驱散夜阴的残骸。这是阳历二月的一天早晨，一个干燥、寒冷、星光灿烂的早晨。

他们俩默默地坐下来吃面包，牛油和茶，这便是他们的早膳。他们是刚在去年秋天结婚的，在这样早的时候，就离开他们的温暖的被窝，实在是一件可恨的事情。他们都觉得不十分快乐，默默地在吃，沉浸在各人的默想里。马丁以他的古铜色的头发，褐色的眼睛，雀斑很多的面貌，和一簇很美丽的小胡子看来，实在还像一个不该结婚的青年。而他的妻子，简直还是一个小姑娘，两颊很红，眼睛碧色，漆黑的头发用了一个很大的放光的梳子一把缚在脑后，是西班牙的式样。两个人都穿的是粗糙的手织材料所制的衣服，是因凡拉拉的农民在田间工作时常穿的那种白色有皱纹的宽大的短衫。

他们默默地在吃，都还是没有睡醒似的心里不十分快活，但兴奋得异常，因为这是他们结婚后第一次播种的第一天，春天的第一次播种。他们俩都觉到了那一日日子的魔醉，在这一天他们是合力地把大地来开辟，播种下去的。他们默默地坐着，心里不十分快乐，因为他们期待得很久，心里很爱，同时也有点怕，并且是准备得很周到的这一天的这件大事情，倒有点使他们忧愁不乐。马利用了多虑的女人的心，一边嚼着牛油面包，一边在想……噢，她想的事情，实在件件都想到了。当一个女人结婚以后，独立门户时的最初的忧喜中的事情，她件件都想到了。但是马丁的思想，却只集中在一个焦点上。就是他能够把这播种播得好，使他能够证明他是可以做一家之主的有用的农夫么？

早餐后，在谷仓间道，当他们在取马铃薯的种子和划地的绳尺及锄耜的时候，两人间交换了几句不大高兴的话。马丁在谷仓间的阴影里，绊跌上一只洋铁桶后，咒诅着说，还是死了好，一个人像这样的……但他想说的话还没有说完，马利的两手已经抱在他的腰里，她的脸已经贴上他的去了。“马丁，”她说，“我们在今天不要这样的寻事生气吧！”她说话的声气，微微地在颤动。果然，他们俩紧紧地抱住，马丁用了农夫特有的那种粗笨喉咙，在叫着“心肝！宝贝”的那些常套话的时候，他们那些气恼和不曾睡醒的不快，都已不知飞散到哪里去了。他们紧紧地抱着，立在那里，到了最后，马丁故意装了粗暴的样子，将马利推开，并且说：“喂！喂！你这女孩子，像这样的过去，怕我们不曾开始工作。太阳就要下山了哩！”

但是，他们着了毛皮的鞋子，轻轻默默地走过那个小村落的时候，行人还是一个也没有。几家小屋的窗口，有灯光还在亮着。东天生了一大块灰色的裂痕，仿佛这天盖将要破裂开来，产生出一轮朝日似的。野鸟远远地在鸣唱了。马丁、马利走到村子外头将他们手里的几桶种子向栅栏上息了一息，马丁很得意地对马利轻轻地说：“马利！我们还算最早在这儿哩！”于是他们的心头跳着，回转来向那一丛小屋看了一下，这丛小屋，实在就是他们的世界。他们心头的跳跃，却是因为春天的愉快，现在已经把他们整个儿的笼罩住了的原因。

他们走到了应该播种的他们的小小地里了。这是在一条青藤绕满的石灰岩山下的一块小小的三角形的耕地。这一块小地里，在几礼拜前，是曾经用了海藻行过肥料的。海藻已经烂了，在草上面腐化了成白色。另外还有一大堆红鲜的海藻，堆在栅栏角里，预备播种子的时候，将它们用的。马丁不管那料峭的春寒，竟把他腰上的衣服等，全部脱了，只剩了一件柳条的羊毛短衫。呸呸地向手上吐了两口唾沫，他拿起锄耜，对马利说：“马利，你瞧罢，这一忽儿你才晓得你男人是怎么样能干的一个人啊！”

“嗳，嗳！”马利把她的围巾向颚下缚了一缚拢，对马丁说：“早晨这样的早，我们可真不能夸一句口，或者我要等太阳落山的时候，才能看出我的男人是怎么样的一个人呀！”

工作开始了。马丁从南面栅栏起量地划成了第一轮，有四尺宽的一条土轮，将绳尺顺边沿放下钉住了两头。然后他将鲜的海藻应上。马利在衣兜里盛满了种子，一行一行地开始播了，四个、三个、四个。当她在土轮上前进了一段播了一段的时候，马丁并头举起锄耜来很热心地在开始工作了。

“噢依霍，天老爷呀！”他又向手上吐了两口唾沫，叫着说：“让我们来辟第一块的土！”

“噢，马丁，你等着罢！让我来帮你！”马利嚷着，她把种子掷向了土轮之上，跑上他的身边来。她的露在羊毛半手套外的手指头，已经冻僵了，但她不能在她的围巾里窝一窝。她的双颊仿佛是火烧似的红。他把一双手抱住了马丁的腰，立着在看马丁将要用锄耜来辟削的青色的土，同小孩子似的兴奋到了极点。

“喔依，这孩子，快滚开！”马丁粗暴地说：“要是有人见了，看我们像这样的在这初播种的地里跳来跳去，还像什么样子？岂不是一对无用的，混世的蠢笨的夫妻么？岂不是要饿死的一对夫妻么？喔依，快滚开！”他说这些话说得很快，他的双眼凝视在前面的地上。他的眼闪烁着一种野猛的、热诚的光，仿佛是一种原始的冲动，在他的脑里燃烧，除了他的男性尊严的主张和征服大地的欲念之外，已将其他的一切，都从他的脑里赶了出去似的。

“嗳，怕什么？怕谁来瞧我们？”马利说，但她同时也把身子抽转，只远远地注视着地面。于是马丁就辟进了土，用脚将锄耜深深地跌入，他用力将第一块土辟起了，草根被掘起的时候，锄耜下竟萨拉地响了起来。马利叹了一口气，皱了眉头，急急忙忙地走回到了她的种子那里。她捡起了她的种子，急促地将这些种子播散开去，她想藉此以驱逐那突如其来的恐怖。当她看见第一块土被掘起来，他男人眼里忽然流露出那种毫不注意到她的存在的凶猛热烈的目光来的时候，突然袭来的那种恐怖。她忽然觉得这无同情的残酷的大地（就是农民的奴隶主人），可怕起来了。因为这大地，这奴隶主，将要缚住她做永久的苦役和做永久的贫民，一直到她仍复沉入地下，回到土壤的怀中去为止。她的短短的恋爱期间已经过去了。今后她不过是一个帮她男人辟地的人罢了。她在这样地想，马丁却毫无别念，专心一意地在工作，在将新的黑土盖上垄条上去，他的锋利的锄耜当向侧面破入土块的时候，也时时在放着闪光。

太阳起来了，青藤绕满的这小山下的村落里，充满了白色的粗呢短衫的点点，各处农夫都默默地拼命地在工作，同时他们的女人也在播种。太阳光线晒下来也并不觉得热，稀薄的寂静的空气里，还有料峭的寒气带着，致使那些农夫们很猛烈地扑上锄耜的柄去，拿起来任力的辟向土里，仿佛这些土块是活着的仇人似的。小鸟静寂地在锄耜前面跳跃，举起了小小的头，在向左右了望，看有没有可以供它们吃的虫类。为饥饿所逼，胆子放大了，它们就冒着危险，常常冲到锄耜下去争夺食物。

太阳到了一个相当的高度，妇人们就走回村里去为男子们预备中餐去了，而男子们只是不息地在继续做他们的工。妇人们急促地跑回到田里来了，个个手里都带着一个周围有绒布袱着的锡罐和用白色桌布包好的一个小包。马丁看见马利回来了，就把手里的锄耜丢掉。两人微笑着，就在那小山下坐下来吃他们的午饭。这是同早餐一样的午饭，只有牛油，面包和茶。

“啊啊，”马丁从大杯里长饮了一口茶后说：“啊啊，天下世界那有这样痛快的午餐？在野田里，当做了一早晨的工作之后的这一种午餐？你瞧，我已经做好了两轮半的地了，村子里的人，怕谁也做不了这许多。哈，哈哈！”他又很得意地注视上他的妻子的脸上去。

“嗳，真好极了，这岂不很可爱么？”马利一边在注意看那地里的黑色土垄，一边说。她的嘴里，还在咀嚼着面包和牛油。急忙忙赶回村子里去的一段急步和忙着煮茶的一阵忙乱，把她的食欲减杀了。她不得不用了她的围裙的边角来煽那泥炭的火，结果烟得她两眼几乎要瞎。但是现在坐在这青青的小圆丘上，环眺着四围盖着鲜的海藻的深谷，新辟的地里，且有一缕一缕淡淡的轻烟在蒸发起来，她看了觉得是乐得不可以言语来形容了。这一种感觉，并且将她早晨所感到的那一种恐怖的感情也征服了。

感到了大大的饥渴的马丁，将身上的毛细管一个个张着，吸满了清新的空气，饱餐了一顿。他很得意地向四邻的地里看看，将他们的耕地和自家的比较了一下。然后转眼过来看了一下他女人的小小的圆黑的头，觉得她也是属于他的，更是得意满足。他侧身靠住手臂，伸出手来把她的手捏住。默默地含着羞涩，不晓得要说出些什么话来才好，他们羞感着他们自家的柔情——因为农夫们对于自家的柔情老是感着羞愧的——吃完饭后，尽是手握着手坐在那里呆看远方。春天的自然的伟大的闲静充满着他们周围的空气。事事物物，好像都是静静地坐着，在等这中午的过去。只有光耀的太阳，在向西阔步，时时出没于天上洁白的云中。

远处忽而有一个老农夫立起来了，他拿起他的锄耜，用了一块石块在刮清锄耜上的泞泥。在静寂中，他的扦刮的声音，传得很远。这是使小村落一带的农夫起来工作的一种信号。年轻的人立起来，伸一伸腰，打个把呵欠。他们慢慢地又走回上他们土垄里去了。

马丁的背脊和手臂，有点觉得痛起来了，马利也觉得倘若她再伏下去播种，她的脖子就要掉下来的样子，但是两个人都没有说出来，一忽儿过去之后，他们的疲倦，就也在他们的身体的机械的动作中忘掉了。新辟的土块的那种强烈的香气，仿佛是一种对他们的神经的激刺剂的样子。

午后太阳晒得最猛的当儿，村中的老人们，出来到地里来看他们的子侄们的工作。马丁的祖父，把腰弯着，整个儿身体屈伏在一枝厚大的拐杖上，走到耕地边上的一条小道上来停住了。伏上了栅栏，他老人家很响地喊着说："靠菩萨保佑你的工作。"他一边喘气，一边叫着。

"嗳！老祖父，靠菩萨也来保佑你老人家。"他们俩同时回答，但手里仍不停止工作。

"哈!"老人自对自地说着，"哈，他种得很好，而她也是一个很好的女人，他们的开始，总算不坏，嗳，真不坏不坏。"

自从他老人家和他自己的马利，满怀了希望和得意，开始播种以来，已经有五十多年了，而这无慈悲心的大地，年年春天只把他们紧吸在怀里，不使他们休息过一年。但他现在不想到这些过去的事情上去。大地是催人健忘的。到了春天，只有现在，盘旋在他们的脑里，就是那些把一生尽花在耕种之中的老者，也是如此的。所以这一位有一个红红的大鼻头的老人，黑软帽下脑袋上包着一块斑花手帕的老人，也把一切忘了，只在守着他孙儿的耕种，时时也给他们一点忠告。

"喂，你不要把土块辟得那么长!"他有时会喘着气说："你把土轮上的土搁得太多了。""喂，你这女孩子，不要把种子播得这么近边儿上，回头杆儿要长向外边去的。"

但是他们也并不注意他老人家的话。

"啊，唉，"老人叹着不平似的说："我们年轻的时候啊，男子汉一早做工做到晚，哪里知道吃一点什么东西的哩，那时候的工才做得好哩。但是现在却不行了。现代的青年，种子都弱得很。唉，不行了。"

于是乎他老人家就开始在胸腔里喀一阵，又跛行到另外的一块他儿子密舍儿在耕种的地里去了。

到太阳下山的时候，马丁有五轮地锄好了。他把锄耜丢掉，伸了一伸腰背。他的遍身骨头都痛了起来，他要躺一躺休息休息了。

“马利，这是回家去的时候了。”他说。

马利直立了起来，但她太倦了，连回答的精神也没有。她倦容可见地朝马丁看了一眼，她觉得自从早晨她们开始做工到现在，仿佛是已经经过了许多年月的样子。她又想到了走回去的一段路，想到了喂猪的事情，想到了鸡鸭等不得不使它们入笼就宿的事情，想到了准备晚餐的事情，一瞬间她感到了一种对于做一个农夫的女人——像奴隶一样的农夫的女人——的反抗。不过这一种想头，在一瞬间后，就过去了。马丁一边穿衣一边说：“哈！这真厉害！这一天的工作，总算不错。耕了五轮地，并且每轮都是和铜条一样地直。嘿嘿，马利，你做了马丁·弟来尼的老婆真也可以自夸了，这一句话总不算过分罢？不过话又要说回来了，马利，你在今天做的工作，也的确比因凡拉拉的无论哪一个妇人做得都要好些。”

他们默默地立了几分钟，看看他们自己所做的工作。马利看到了她和男人一道做好的这一种工作，一种非常甜蜜的安慰之情，把她心里所感到的倦怠和不满完全都遮掩下去了。这工作却是她们两人合做的。他们俩已经把种子种下地去了。第二天，第二个第二天，他们的一生，到春天来了的时候，他们就要去弯了背，做这一种工作，直到他们的手和骨头因疯痛而扭歪了的时候为止。但是夜，不必做工的夜却总有安睡和遗忘的恩惠颁赐到他们的头上来的。

他们慢慢地走回家去，马丁走在前头，和另外的一个农夫在说关于播种的话，马利走在后面，把双眼注向了地上，一边走一边在想什么事情。母牛远远地在放声叫了。

* * *

Liam O'Flaherty的*Spring Sowing*一卷，是英国Jonathan Cape出的*The Traveller's Library*丛书之一。原著者的身世，我也不十分明了。但是他那一种简单的笔法，描写农人的心理，实在使我感佩得了不得。现在把他第一篇小说译出来公之同好，若大家能因这一篇译文去求读原书，那我的介绍外国新作品的心愿也了了。

有几个固有名词写在下面：

男主人公名Martin Delaney。

女主人公名Mary。

地方是Inverare。

一九二七年十月二十八日

浮浪者

（爱尔兰）L·奥弗拉赫德（Liam O'Flaherty）

有八个贫民在贫民习艺所医院的病愈调养处的院子里。这院子是一块长方形的水门汀地，一面是食堂，一面是一垛红砖的高墙。一头的尽处是一个便所，其他一头是一所小小的柏油漆的木棚，木棚之内是一间浴室和一间洗面室。天气是非常之冷，因为太阳还没有升到那些簇聚在这院子的周围，几乎使这院子不见天日的建筑物上来。时候是一个阴寒的二月的早晨，大约还是八点钟前后的样子。

贫民等是刚吃过了早餐出来，随处在散立着不晓得究竟去干什么好。他们吃过的东西倒只会使他们饥饿，而他们的衣服又是不暖的，只立在那里抖着将外衣袖卷好做暖手的筒儿。他们的黑色毛织小帽搭在他们的头上，有几个还在咀嚼最后的一口面包，有几个想起了在过去有时候曾经饱食过的念头，就不免蹙紧眉头，恶狠狠地注视着地面。

米揩尔·台仰和约翰·菲纳德就照例地垂头丧气地溜入了那间洗面室，背靠住了下水的瓷盆漏管台，两脚在死劲地蹬踏地面用以取暖。台仰是很长而很瘦的。他有一张苍白惨伤的面容，并且他的右眼瞳仁四周的那圈虹彩也有点异样。这并不是像另外的一只眼睛似的是蓝色的，却是一种不确定的有点带黄的颜色，这是要使人想他仿佛是一个狡猾、阴险、奸诈的人的，其实这却完全是一个错误的印象。他的头发绕着太阳穴的地方是很灰色的，别的地方却都很白。他的手指又非常地细长，他又总老在咬着手指甲，注视着地面，深深地没入在沉思的里面。

“冷极了。”他用了一种很幽弱，而满不留意似的声音说，几乎要听不出来的样子。

“是呀。”菲纳德粗暴地回答，他抖擞了一下，发出了一声高声的长叹。“唉——”他刚开口说，却又马上停住了，打了两个喷嚏通了通鼻子，就把他的头垂倒在胸膛的前头。他是一个中等身材的胖子，样子还没有消瘦到怎么坏，胖胖的面孔，浑圆而淡红，生着灰色的眼睛，雪白的牙齿。他的黑头发是养得很长的，卷曲在他的耳朵上面。他的手的圆润、柔软、雪白，真像是一位教书先生的手。

他们俩背靠着瓷盆，站着，不耐烦地沉默着在蹬足，这样过了几分钟，前一晚得准进那医院的那位浮浪者就踱到洗面室里来了。他寂寂地现身在那木棚的入口之处，在那里迟疑了一会，用他的细小的蓝眼睛向四周探望了一下，敏锐地却也柔和地，正同一只驯良的野兽在森林的一丛矮树里探望出去的神情一样。他的矮胖的身体，站在那木棚的柏油漆的门柱中间，后面是凝灰土的土墙，上面是灰色的天空，简直是在用了似乎要从他的身体里流出来的活力在威吓的样子。至少在那木棚里的两个垂头丧气无精打采的贫民的眼里觉得他是如此的。他们用了沉郁恼恨的表情，眼睛里闪着羡慕的眼光，额前蹙深了皱纹，肌肤上起了寒栗，看着这一个浮浪者，因为看到了一个活泼大胆毫无顾忌地过他的流浪生活的粗暴大汉，觉得与他们自己的畏怯成性，对人生是疲倦得难堪的生活状态太不相同了。两个人各自在想，“你且看看那恶毒的浮浪者的红胖的脸儿。且看看他那双盛气凌人的眼睛，会勇猛得同狮子或小孩似的直视上你的脸来，并且又恬不知耻地在背后还有一种温柔的表情映着哩，仿佛是毫不含恶意似的。看他那一大簇黑胡子，几乎颜面颈项的全部都盖煞了，只留出了一双眼睛，一个鼻头和一条狭红的缝算是嘴罢。啊，我的天啊，看那喉咙头的筋肉，胸口里的长毛，并且在这一个日子里，我是冻都要冻死的了，假如像他那样地把胸膛坦露出来的话!”

他们俩各在这样的想，但两人都不说出来。那浮浪者傻笑了一下——他只略张开了一下他的胡髭，裸出了红的嘴唇和红的牙肉，错落的黑牙齿散列在牙肉的上面，马上就仍旧把他的胡髭闭上了——那两个贫民却不作回答。他们俩是受过教育的人，自然是不屑和这个无礼的污浊的浮浪者结交的，正如他们冷缩在那洗面室里度日，不屑和别的贫民为伍一样。

那浮浪者不再注意他们了。他走到了木棚的后部，立在那里，眼睛望着门外在嚼烟草。其他两人，感觉到了他的存在而兴奋了起来，局促不安地满面做了一副窘迫的形容。终于那浮浪者望着台仰而狞笑了起来，摸索他的外套的口袋，摸出了一支皱缩的烟卷来给台仰，又笑了笑，点了点他的头。但是他不说话。

台仰已经有一个礼拜没有香烟吸了。他望着那支香烟，惊异了一下子，他对于挟在这浮浪者的胼胝泥泞的手的拇指和食指间的那支细小、折皱、龌龊的烟卷儿，渴想得脏腑都发起痛来了。然后他扭歪着脸，勉强地咽下了一口气，讷讷地说"你倒是一个好汉"，便伸出了一只颤抖的手去。三秒钟里，那支香烟便被点燃起来，他却在吸食那第一口畅快的醉人烟味了。他的脸上辉耀出了一种舒畅的幸福。他的眼睛闪烁着放起光来。他吸了三口后，便想把那支烟递给他的朋友，这时候那浮浪者却说话了。"不，这支你自己吸罢，都会里的先生，"他用了平静的和蔼的柔软的口气说，"我另外给他一支。"

那两个贫民在吸着烟的中间，他们的无精打采的神情消灭了，却变成了兴致十足而言论滔滔不绝的样子。那两支香烟把介在他们自己和那浮浪者中间的一道不信托与蔑视的障碍打破了。他的出人意料的宽宏大量的行为，正可以将他的胡髭与衣衫褴褛的情形相消杀。他穿着的不是贫民的制服，却是一条满是补丁的厚绒长脚裤，许多件洋服小背心，与一件五颜六色的破碎得不堪的外套，这些东西乱七八糟地都堆在他的身上，并不用纽子来扣住，只用了一串绳束捆住在他的腰里。他们认他为朋友了。他们开始对他说起话来。

“你是只进来过过夜的吗?”台仰问他。仍旧含有一种屈位下交的自谦的语气。

那浮浪者点点头。几秒钟后，他把烟草从本来含着的嘴角滚转到另一只嘴角去，吐出了一口在地上，束了一束他的长脚裤。

“是的，”他说，“我昨天从屈劳海大走来，我到杜勃林的时候是疲倦得像只狗了。我自己想想，唯一的可去的地方是这里了。我正需要一个可以把身体洗清的浴，一张好的床，一宵安静的睡，而我却只有九个便士，一块排肉，一点儿马铃薯，和一个洋葱头在身边。如果我买一张床睡，那么，这些东西统都要花费完了，而现在我却已经得到了一夜的好好的睡眠，一个温暖的洗浴了，但我的九个便士和我的伙食仍旧一点也还没有花去。到了十一点钟，我一出这里，马上就又要启程走了，今夜不知将在什么地方下宿之前，也许要走十五英哩的路呢。”

“但是你怎么得进这医院房里来的呢?”菲纳德问他，带着一种妒忌的神气对那浮浪者望着。那支香烟使菲纳德的饥饿感觉得更加厉害了，并且那浮浪者说那天要走十五英哩的路然后找一个地方下宿的那种将内衷陈诉的口气，也使他兴奋了。

“我怎么进来的吗?”浮浪者说,“这是很容易的。近年来我的右腿上生了一种痴肿。这使得我每逢碰到贫民习艺所的时候,总叫我进医院房去的。这是很容易的。”

三人之间又沉默起来了。那浮浪者走到门口去,看那院子。上面的天空仍旧是灰暗萧飒。两个钟头前洗涤那水门汀的院子所浇的水,仍旧是一滴滴的在闪亮,致使一块块的小潭错落的散满在那里。空气里毫无一点热力能使水蒸干。

其他六个贫民,三个扶着杖的老人,两个青年和一个满面瘰疬的少年,都在颤摇地走来走去,神气很疲倦地在讲话,并且贪食地在张望那食堂的窗子,那里面,那个管理食堂的老头儿尼台在预备午饭的面包和牛奶。那浮浪者看完了这些,便耸了耸他的肩头,走回到那洗面室的里面。

“你在这里多少时候了?”他问台仰。

台仰把他的吸剩的香烟头在他的靴子上触熄了,把那熄灭的烟头放到他的帽子的夹层里去,然后他说,“我在这里六个月了。”“你是受过教育的人吗?”浮浪者说,台仰点点头。那浮浪者望着他,走到门口去吐了一口痰,又走回到先前的地位。

“我要说你是个傻瓜,”他非常冷淡地说,“你的相貌并不是像有什么病的。不管你的头发怎样,我敢赌着东道说你绝不会比三十五岁年纪更大的。嗳?”

"这正是我的岁数，但是——"

"且慢，"浮浪者说，"你的相儿是自在得像并没有什么的，这是春天的早晨，而你却不到街路上去浮浪，只闲费着光阴在这里，把你的心消磨尽于饥饿和贫苦之中。真是枉为了男子！你是疯的罢了，就是这一点。"他用舌头做出一种好像赶马的噪音，动手拍他自己的袒开的胸膛。他每拍一下胸膛，便有一声沉浊的响音出来，好像是远方的雷音。这声音是非常地响，响得台仰一径不能够说话，直等那浮浪者到停住不拍他的胸膛为止。他站在那里，动着他的嘴唇，瞅着他的右眼，因为听了那浮浪者所说的话在不安兴奋，并且还在妒忌着这人的顽健和耐久，敢在这样冷得要死的天气，竟如此地拍着他的袒露的生满毫毛的胸膛。这种重拍是要把台仰的肋骨都打断，而这种袒露是要使台仰生肺炎的。"你说说自然是很容易，"他不服地咕噜着，随即他便住口不说了，只眼望着那浮浪者。他想对一个浮浪者去谈个人的私事是很可笑的。但是在那浮浪者的虎视耽耽的目光中，却有些挑衅的，盛气凌人的，并且绝对不动情感的神气在那里，因而就驱散了他那蔑视的感情。台仰因此却感到了他有自己辩护的必要。"你怎么能够了解我呢？"他继续说，"在你所能看到的范围以内，我是不错的。我并没有什么病，不过只在背上生有一点儿小斑肿，这是由于食物不良，饥饿与……与屈辱而生出来的。我的心是有病的。但当然你是不能了解的。"

"对啊，"菲纳德说，他不愉快似的把香烟从鼻孔里喷了出来。"我常常羡慕那些无思想的人。我希望我是一个种田的农夫。"

"嘿。"那浮浪者沉重地高喝了一声，随即他便放声大笑，蹬蹬足，拍拍胸膛。他的黑胡髭笑得发颤了。"慈悲的圣母啊，"他高声叫着说，"你们真使我发笑，你们两个。"

那两个人移动了脚跟局促不安了，咳着，不说一句话。他们忽然觉得他们的那种蔑视这浮浪者的想头是很可羞的，几分钟前这一位浮浪者却是给他们香烟吸的呀。他们忽然觉得了他们是贫民，是潦倒的人，并且因为对于一个同伴是浮浪者的原因而高抬起身价来，便是卑陋得很的人。他们不讲话。那浮浪者收住了笑，也严肃了起来。

"听着，"他对台仰说，"你从前服务任文职的时候是做什么的，这是照人家问军人的说法，你到这里以前是做什么的?"

"噢，最后的职业我是做一个律师的书记的，"台仰喃喃地答，咬着他的指甲，"但那不过是暂时之计罢了，我说不出我有过什么久长的职业。不知怎样我似乎总是在浮动的。我从大学刚出来的时候，我想谋一个外交官职，但是失败了。我便在铁龙尼地方，我的母亲那里，家居了有一年的光景。她是有一点小产业在那里的。然后我便到这儿杜勃林地方来了。实在我在家里闲荡得厌烦了，当时我想无论什么人都在可怜我。我看见无论什么人都结婚了，或者做事情去了，而只有我却在虚度光阴，吃着母亲的老米饭。所以我就出来了。带着两只皮箱和八十一个金磅到了此地。到了这一个五月的十五那便是六年整了。那一天也是一个美好晴朗的日子。”

台仰的悲伤的语声沉寂了，他咬着指甲，望着地面。菲纳德在试吸他的香烟的最后一口烟。他把他的烟头夹在他的指头间，而尖出了嘴唇，好像在喝滚热的牛奶似的在吸。那浮浪者默默地又给了他一支香烟，然后回头对台仰说。

“你那八十一个金磅做什么用了呢？”他说，“你是喝酒喝完了呢，还是送给了女人？”

菲纳德正享乐着他刚刚燃着的第二支香烟，哄笑了一声，说道，“哈，是女人弄完了他的钱。她们实在是许多男人一生的祸根呀。”但台仰忽然跳了起来，他的面色发白了，他的嘴唇颤动了。

“我能够保你相信我，”他说，“我一生从来也不曾接触过女人。”他停住了，好像是在驱逐出被那浮浪者所提出的问题而惹起的他心里的恐怖。“不，我不能说我是把钱喝完了的。我不能说我究竟做了些什么事情。我不过是做做这样，做做那样，变动不定的做了些事情。不知怎样，我似乎觉得我总不会成大事业的了，随便怎样过日子在我都是不十分要紧的了，横竖我是要潦倒的了。所以也许我一下子也曾喝过一次过度的酒，也许买跑马票输去了几磅金钱，但这些却都是不关紧要的。不，我的沦落实在是因为我似乎是天然的要沦落下去的，我不能振作起来阻止我自己的沦落。我……我在这里已经六个月了……我料想我是要死在这里的了。”

“啊，那真是要命。”浮浪者说。他把两手交叉在他的胸膛上，他的胸膛是随着他的厉害的呼吸而在突出缩进。他守望着台仰，在不绝地点头。菲纳德是听过台仰的身世，早已听过几百次，早已听得详详细细的了，所以他只耸耸肩，嗅动嗅动鼻子，说：“算了罢，这是一个可笑的世界。如果我不为酒色，哪会到这里来呢。”

“可不是么?”浮浪者说。“你这话又从怎么来的呢?”“岂不是么？我敢赌着咒说，”菲纳德说，说着他的嘴里却喷出了一口青色的浓烟来。“今天我原得为一个富人了，假若不是为了酒色的话。”他交叉着两脚，装腔作态地背靠着那瓷盆的架管，两手伸在前面，右手指轻轻地拍着左手背。他的胖圆的脸，生着笨重的颚骨，是转向着门口的，神气是自私自利、愚蠢、残酷的样子。他笑了，幽声地说，“啊，孩子们，啊，孩子们，当我一想到这个，”他咳了一声，耸耸肩，“你相信吗?”他转向那浮浪者说，“我在最近十二个月里花去了五千金磅的钱。这是事实。我敢以灵魂赌咒，这是事实，我曾经用去的。我诅咒得到这笔款子的那个日子。两年以前，我一径是个幸福的人，我开设一个最好的学堂在爱尔兰南部。后来，我的一个姑母从美国回来了，便同我的母亲和我自己在一块儿住着。她住了六个月便死掉了，遗下了五千金磅给我母亲。我便从那老妇人的手中弄到了这笔款子，上帝恕我罢，然后是……啊啊！”菲纳德严肃地摇着头，耸起眉毛来，叹了口气。“我不后悔，”他继续说，斜视着那洗面室的水门汀地上的一个黑斑点。“我当时清醒的日子，只有屈指可数的几日呀。到现在我却愿以一个月的生命去换一杯茶和一块大面包了。”他蹬足，拍手，又嗄声地大笑了起来。他的粗头颈笑得抖动。然后他又恢复了愁容，说，“希望我有一个便士，打九点钟了。我真饿得快要死了呀。”

“嗳？饿么？”当菲纳德在说话的中间，那浮浪者却陷入于一种半醒半睡的状态去了。他跳起来，搔搔他的裸袒的头颈，然后摸索了半天他的上身的衣裳内部，自言自语地在呢哦着。终于他摸出了一只小袋来，从那小袋里取出了三个便士。他把便士给菲纳德。“买我们三个人的点心罢。”他说。

菲纳德的眼睛闪亮了，他用舌头舐着下嘴唇，然后就不说一句话而溜跑出去了。

在那个贫民习艺所的医院里，不知从什么时候起的，却生成了一种习惯，便是那个管理食堂的贫民，得从那医院制定的伙食里暗中偷取一点茶汤面包之类，而把这些东西在九点钟的时候再作为额外的食品去卖给其他的贫民，每客一便士。那医院长对于这种偷窃的行为，是佯作不见的，因为他自己的一切伙食，也完全是从贫民医院的开支中偷窃来的，而他的这种行为，那贫民习艺所的所长也是佯作不见的，这又因为那贫民习艺所所长自己也有别种的不法行为在的，所以他不敢叱责他的部下的人员。但菲纳德却并不去管这些事情的。他溜进了食堂，捏着三个便士在老尼台的面前，轻轻地说：“三客。”尼台，一个瘠瘦干皱的老贫民，生着一张极厚的红下嘴唇，仿佛像一个黑奴，站在火炉前，两手交叉在他的龌龊的柳条围胸裙的下面。他数了数那三个便士，呢哦着然后就放到了他的袋里去。在二十年中间，他像这样已经积蓄了九十三磅的金磅了。他没有亲人族类可以把这笔钱遗赠给他们的，他也并不要花费一个钱出去，而且也不会离开那贫民习艺所的，除非是死了的时候，但是他却还在积蓄着钱。积蓄钱是他生平的唯一的快乐。他每逢积得了一先令的便士，便去掉换银的先令，银的先令积得成了数目，他便去换相当的钞票。

“人家说他是已经有一百金磅了，”菲纳德心里在想，当他看看尼台安放那便士的时候，他却馋得渴起来了，“希望我能知道他那钱是藏在什么地方的。我现在就可以把他在这里勒死，然后可以去拿了钱来海用一下。有一百金磅呀。我可以去吃，吃，吃，并且可以去喝，喝。”

那浮浪者和台仰没有说一句话，一直到菲纳德回来，他捧着一块白松板，上面载着三碗茶和三块面包。台仰和菲纳德马上便狼吞虎咽地喝起茶，撕起面包来了，但那浮浪者，却只喝了一点茶，然后把他的面包拿起来，撕裂为二，分给了那两个贫民。

“我不饿，”他说，“我的伙食是自己带在身边的，等一走上了那旷野的大道，我马上就可以坐下来烧煮饭吃。今天天气也变成一个真正的春天了。看那太阳啊。”

太阳终究升到砖墙上面来了。照进了院子里，把一切东西都照得光亮。虽然天气还不暖，但能使人感到舒适而有生气。那天空也已经变作洁净的纯蓝色了。

“这岂不是要使你跳起来叫起来的么？”浮浪者叫着，很快乐地蹬起足来。他看见了太阳就兴奋得很了。

“我是宁愿看见我面前有一顿很好的饭餐的。”菲纳德满口含着面包，讷讷地说。

“你说怎么样，都会里的先生？”浮浪者说，站在台仰的面前。“你难道不喜欢现在像这个时候沿着一条山路走去，有一条河在你的脚下山谷里流着，太阳直晒着你的背脊的吗？”

台仰黯然地注视了一下，做梦似的笑了一脸，然后叹了口气，摇了摇头。他喝着茶，一句话也不说。那浮浪者走到木棚的后面去了。一直到了他们吃完面包和茶，无人说一句话。菲纳德收拾起碗盏来。

“我把它们送回去，”他说，“也许他们会要我到那厨房里去要些东西的。”

他一去便不回来了。浮浪者和台仰都陷入到了一种沉思的半醒半睡的状态里去。大家都不说一句话，直到钟打了十点。那浮浪者自己耸耸肩，走向了台仰的身边，拍拍他的手臂。

“我是在想你所说的……所说的你怎样过的你的生活，我心里自己想，‘唉，那个可怜的人说的却是真话，他是一个老实人，看他在这里浪费他的生命，真是可怜的。’这便是我心里对我自己说的话像另外的那个家伙呢，他是坏东西。他是个说谎的滑头。他或者会仍旧回到他的学堂里，或者也许会到别的什么地方去的。但你我是都不能成为体面的正经市民的，都会里的先生，我们俩是天生成的浮浪者呀。不过你总没有下一番决心的勇气。”

那浮浪者走到门口去吐了口痰。当他在说话的时际，台仰是在疑惑地望着他，现在台仰不安地移动起站立的地方来了，皱紧了额头。

“我不能够跟你的。”他神经过敏地说，张开着嘴正要继续说下去的时候，忽然他又记起了这人是个浮浪者，同他讲道德上的行为是不配的。

“当然你不能够。”浮浪者说，走回了他的先前的地位，然后他把两手插入了袖管，把他的香烟从本来含着的嘴角滚动到还有一只嘴角边去。“我知道你为什么不能够跟我去的原因。你是一个天主教徒，你信仰耶稣基督和圣母马利亚和神父教士及一个后世的天堂。你喜欢被叫作正经而去尽你的义务，你是天生像我自己一样的一个自由人，不过你却没有了勇气……”

“算了罢，喂，”台仰叫唤着说，语气是受惊而带怒的，

“不要说那些废话了罢。在——你的——香烟和食物上，你是很可感谢的，但我不许你在我面前诅咒我们的神圣的宗教。真可怕。哼。”

浮浪者默默地笑着。沉默了几分钟。然后他走到了台仰身边，捉了他的右手狠狠地摇动着他，而又大声地在他的耳边高叫说，“你是我所碰到的人中间的一个最大的大傻瓜呀。”于是他就放声大笑，走回了他本来的位置。台仰开始想那浮浪者不要是疯了的罢，于是气愤便渐渐地平了，不再说一句话。

“听着，”浮浪者说，“我是生来就卑贱的。我的娘是一个渔夫的女儿，我的法律上的父亲是个种田的人，但我的真真的父亲却是一个贵族，这是我十岁时才知道的。这便是使我对人生有一种不信任的偏见的原因。我的父亲把钱给母亲教养我，当然她要我去做一个宣教师。我自己想，什么都不管，世间的事情岂不都是一样的么？但是当我二十三岁的时候，再过两年便可以授职为候补牧师的时候，一个女仆却产生了一个小孩下来，我便被驱逐出来了。她跟着我，但过了六个月我便抛弃了她。她自生了小孩之后样子一点儿也不好看了，从此后我就不曾爱过一下她或那小孩。”他停住了，痴笑着。台仰咬着嘴唇，他的面孔因嫌恶而扭歪了。

“后来我便流浪了，”浮浪者说，“我对我自己说，在这个世界上想做些什么事情，实在是傻瓜做的把戏，人生只教有得吃，有得睡，享乐享乐那太阳，那大地，那海洋，和雨就对。

那是二十二年前了。说起来我可以自傲的，这二十二年中，我从未曾做过一天工作，也从未曾害过一个我们同类的人。这便是我的宗教，并且这也是很好的宗教，像鸟儿般地活着自由自在地。这是一个自由人生活的唯一的方法。向镜子里看看你自己罢。我比你大十岁，而你还看起来老得可以当我的父亲呢。来罢，喂，今天同我去流浪罢。我知道你是个老实家伙，所以我要告诉你些方便的法门。从今朝起，六个月后，你便将忘掉你曾经是一个贫民或书记了。你说怎么样?”

台仰思考着，在注视着地面。

“不论什么事情总比这浮浪好些，”他讷讷地说，“但是……慈悲的上帝呀，变作一个浮浪者是什么话啊！在这里我还有机会恢复到正经生活去的一日，但一变作了浮浪者后，那我就完了，完结了。”

“完结？你会完结，丧失点什么呢?”

台仰耸了耸肩。

“我总可以有得一职业的希望。总有人会到这里来物色我的。总有人会死掉的。其中总有事情会发生的。但如果我一做浮浪者啊……”他又耸了耸肩。

“所以你宁愿在这里做贫民吗?”浮浪者问他，带着一种傲慢的，一半也是蔑视的冷笑。台仰畏缩了，他忽然觉得他的脑里生出了一种狂热的渴望，渴望着做些疯狂的不顾一切的事情。

“你是一个好家伙，”那浮浪者继续说，“宁愿在这里偷懒，和老人及无用的废物等一同地腐溃下去，不愿出去到自由的空气里去飞翔。你真枉做了一个男子汉呀！振作振作罢！与我和衷共济地一道出去，现在我们一同去恳求释放出去罢。我们可以一同步行到南方去。你说怎么样？”

“天晓得，我想我愿意去的呀！”台仰高叫着说，眼睛里放出了闪光。他奋兴地在那木棚内兜圈子，走到门口去看看天空，又重新走回来望着地面，手足不知所措地尽在抽动。“你想，这是可以的吗？”他还是在继续问那浮浪者。

“当然是可以的，”浮浪者还是继续在回答，“和我一同去恳求医院长释放你出去罢。”

但是台仰却不愿离开那木棚。他对于重要的事情，在一生中从来也不曾能够有过一个决心。

“你想，这是可以的吗？”他还只在继续不断地说。

“唉，可咒骂者在此，这岂不是一场笑话么？”那浮浪者最后就这样地说，“请你老住在这地方罢，祝你好，再会。我是要去了。”

他走出了那木棚，走过了院子。台仰伸出着手，向前抢上了几步。

“我说——”他刚开口说，马上又停住了。他的脑袋里急旋着碧绿的田野，滚滚的山泉，笼罩在蓝雾里的山冈，与在车前草生满的田上空处的云雀的高歌，但总有点物事在绊住他

的腿，使他不能放开两脚，跟上那个浮浪者的后面而追赶上去。

“喂，我说——”他又开始了，但又忽然停住，而他的颜面却颤动了起来，额角头钻出了几粒珍珠似的大汗。

他终于不能决下心来。

* * *

这也是从爱尔兰的作家 Liam O'Flaherty 的短篇小说集 *Spring Sowing* 里译出来的一篇名 *The Tramp* 的小说。是由夏莱蒂先生译了头道，我来改译二道的。

作者的身世，我到现在也还没有知道。不过据他近作的一本传记 *The Lifeof Tim Healy, the veteran Home Ruler, now Governor-General of the Irish Free State*（1927）看来，大约也是一位爱尔兰解放运动中的斗士无疑。

他的其他的几部著作，就我所晓得的，把它们列举在下面：

1. *Thy Neighbor's Wife*

2. *The Black Soul*

3. *The Informer*

4. *Mr. Gilhooley*

(*Short Stories*)

5. *The Tent*

而我们最容易买到的，却是英国 Jonathan Cape 发行的 *The Traveller's Library* 里的两种他的书，就是第二十六册的 *Spring Sowing* 和第九十九册的 *The Black Soul*。

此外还有几个译文里的人名地名，我恐怕发音一定有不对的地方，特在此地写出。

1. Michael Deignan

2. John Finnerty

3. Neddy（以上人名）

4. Drogheda

5. Dublin

6. Tyrone（以上地名）

因为译文是出于两手的东西，所以前后不接，或完全译错了的地方，想来也一定不少，这一点尤其在期待着读者诸君的指正。

一九二九年一月

国图典藏版本展示

達夫所譯短篇集

郁達夫譯

上海生活書店發行

生活書店敬贈廿六年五月卅日

達夫所譯短篇集

郁達夫譯

上海生活書店發行

中華民國二十四年五月

中宣會圖書雜誌審查會審查證審字第八三六號

達夫所譯短篇集

每冊實價六角五分
外埠酌加寄費

譯者　郁達夫
發行者　生活書店　上海福州路第三八四號
印刷者　生活印刷所

中華民國二十四年五月初版

自序

譯書實在是一件不容易的事情!從事於文筆以來,到現在也已經有十五六年的歷史了,但總計所譯的東西,不過在這裏收集起來的十幾萬字的一冊短篇集,和在中華出版的一冊叫作『幾個偉大的作家』的評論集而已。譯的時候,自以為是很細心很研究過的了,但到了每次改訂,對照的時候,總又有一二處不妥或不對的地方被我發見;由譯者自己看起來尚且如此,當然由原作者或高明的讀者看起來,那一定錯處是要更多了!所以一個人若不虛心,完全的譯本,是無從產生的。

在這集裏所收集的小說,差不多是我所譯的外國小說的全部。有幾篇,曾在北新出過一冊『小家之伍』,有幾篇曾經收集在奇零集裏,當作補充物用過。但這兩書,因種種關係,我已經教出版者不必再印,絕版了多年了;這一回當改編我的全部作品之先,先想從譯品方面來下手，於是乎就編成了這一冊短篇譯文的總集，名之曰『達夫所譯短篇集』。

我的譯書，大約有三個標準；第一，是非我所愛讀的東西不譯；第二，是務取直接譯而不取重譯，在不得已的時候，當以德譯本爲最後的憑藉，因爲德國人的譯本，實在比英、法、日本的譯本爲更高明；第三，是譯文在可能的範圍以內，當使像是我自己寫的文章，原作者的意思，當然是也顧到的，可是譯文文字必使像是我自己做的一樣。正因爲常常要固執着這三個標準，所以每不能有許多譯文產生出來，而實際上，在我，覺得譯書也的確比自己寫一點無聊的東西還更費力。

這集子裏所收的譯稿，頭上的三篇，是德國的；一篇是芬蘭作家阿河之所作；其次的一篇，是美國女作家瑪麗·衣·味兒根斯初期的作品；最後，是三篇愛爾蘭的作家的東西。關於各作家的介紹，除歷史上已有盛名者之外，多少都在篇末寫有一點短短的說明在那裏，讀者若要由這一冊譯文而更求原著者其他的作品，自然可以照了我所介紹的書目等去搜集。但因各作品譯出的時候，大抵在好幾年之前，當時的介紹，或許已經不中用了，這一點，同時也應該請讀者再加以注意。

近來中國的出版界，似乎由創作的濫製而改進到研究外國作品的階段去了，這原是很好的現象；不過外國作品，終究只是我們的參考，而不是我們的祖產；將這譯文改訂重編之後，我却在希望國人的更進一步的努力。

一九三四年十二月序於杭州

目錄

廢墟的一夜

德國 Friedrich Gerstaecker 作

一八四一年的秋天，有一位年輕氣壯的青年背上背着背囊，手裏拿着手杖，在遵沿了自馬利斯勿兒特（Marisfeid）馳向味希戴爾呵護村（Wichtelhausen）去的大道，緩慢地舒徐地逍遙前進。

他決不是一個浪行各處在找工作做的手藝工人；這只須看他一眼，就可以明白，更不必由他在背囊上縛着的那個小小的樣子很清趣的羊皮畫篋來透露詳情。無論如何，依他的樣子看來，他一定是一位藝術家無疑。在頭上深深斜戴着的那頂黑色闊邊的呢帽，很長很美麗的捲曲的髮毛，及軟柔新短的那叢唇上的全鬚，——總之一切都在證說他這身分就是他身上穿着的，那件在這一個陽和的早上許覺得太熱一點的半舊的黑絨洋服，也在那裏證說他是一位藝術畫家。他的洋服的紐扣是解開在那兒的，而洋服下的白色襯衫呢——因為他是不穿着洋服背心的——却只用了一塊黑綢的巾兒在頸下鬆鬆繫縛在那裏。

從馬利斯勿兒特算起約莫走了一哩路程還不到的時候，他聽見那裏教會堂的鐘聲響過來了。停住了脚，將身體靠住了行杖，他在聚精會神地傾聽着這實在是奇妙地向他飛渡過來的鐘聲。

鐘聲早就停了，他可是依舊還呆呆地站着同在夢裏似的茫然在注視着山坡。他的神思實在還留在家裏，還留在那個小小的融和的討奴斯山旁 Taunusfgebirge) 的村裏，留在他的家人，他的慈母，與他的弟兄姊妹之旁。他覺得似乎有一行清淚，要湧出在他的眼睛裏的樣子。可是他那少年的心，他那輕鬆快樂的心，却不許這些煩憂沈鬱的想頭滋盛起來。他只除去了帽子，含着滿心的微笑，朝了他所素識的故鄉的方向，深深鞠了一躬。然後比前更緊地拿起那枝結實的手杖重新遵沿着他所已經開始的行程，他就勇猛地走上大道，走向前去了。

這中間，太陽已經在那條寬廣的，單調的大道上射燒得很暖很熱了，大道上且有很深的塵土成層地積在那裏，我們的這位旅行者已向左右前後回看了好多次了，他的意思是在想發見一條比這大道更可以舒服一點走去的步道。恰好在右手是有一條岔路來了，但這路也並不見得比他在走的那條大道更會好些，而且這路的去向，比他所指的方向，也似乎離得太遠。所以他仍循原路又走了一程，終於走到了一條清冽的山溪之旁，溪上是還有一架古舊的石橋殘跡遺留在那裏的。過橋去是一條淺草叢生的小路，小路的去向，是山谷的低窪之處。本來是沒有一定的目的的他——因爲他也不過是爲清麗的魏拉河流（Werrathal）的美景所牽誘，此來也原不過想飽飽他的畫篋而已，——就從溪流中散剩在那裏的大石塊高頭脚也沒有濺溼地渡了過去，跳到了那邊的淺草叢生的地上。於是他就在這裏的富有彈力性的淺草高頭和濃密的赤楊樹陰之下，心裏滿懷了這一回所換的道路的舒服之感，急速地走向前去了。

『現在我却得到了這一點好處了，』他自對自的笑着說，『就是我可以完全不曉得我到的是什麼地方這一點好處，這裏沒有那些無聊的路牌，眞是無聊，這些路牌大約在幾哩路前就在對人說了，此去下一個地方是叫什麼名字，而每次每次記在那裏的路程遠近却總是不對的。我眞想問問他們看，在這裏，他們的計算路程究竟是如何在計算的！可是在這裏的山谷裏，是多麼寂靜啊，——那也是當然的，禮拜天農夫們還要在野外做什麼呢，一禮拜整整的六天他們既不得不在耡後車旁勤勞辛苦，那禮拜天他們當然是不願意再出來散步的了，早晨在教會堂裏的一忽兒安息，纔能補足他們的睡眠，中飯喫後，他們當然是要向酒店的桌下去伸伸脚了啦。——酒店桌下——哼嚇——像這樣怪熱的時候，一杯啤酒倒也很不錯——可是在我能夠得到一杯啤酒之先，在這裏的這清清流水，不也可以權消口渴的麼。』——於是他就將帽子背囊丟下，走下水邊，去任心飲了一個痛快。

因此感到了一點清涼，他的眼睛却偶然看到了一株老殘靈奇的柳樹，他以熟練的手法畫下了一張這老樹的速寫之圖；現在是完全休息過了，心氣也覺得清新了，他就又背起背囊，也不管那小路的路線是引他向何方去的，便又開始向前走了！

像這樣的，這兒一塊岩石，那兒一叢奇異的赤楊樹叢，或又是一枝節瘤叢生的槲樹之枝等收了許多速寫在他的畫篋裏，他又約莫逍遙前進了一個鐘頭。太陽愈昇愈高了，當他正決下心來預備走得更快一點，至少想趕上下一個村子裏去攝取午飯的時候，他却看見在他的面前山谷的道旁接近溪邊，一塊從前大約是有神龕立着的老石之上，有一位鄉下少女坐在那裏，她是在俯視着那條他所走來的小道的。

爲赤楊所遮住，他的看見她，比她的看見他還要早些；可是當他沿着溪邊，正從那個到這時爲止把他從她的視線裏遮去的樹叢裏出來的當兒，差不多和這是同時地她就跳了起來，歡呼了一聲，竟向着他而跑上前來了。

亞諾兒特（Arnold這是這青年畫家的名字）倒喫了一驚，呆站住了，而同時也馬上看出了她是一個同畫上的美人兒般美麗的姑娘，年紀怕還不滿十七歲，穿的是一套非常奇異，但也非常清潔的農婦的衣服；她伸出了兩臂在向他跑上前來。亞諾兒特也明明知道，她大約總是把他弄錯當作了一個另外的人了，而這一個歡欣的接遇總並不是爲他而發的——那個小姑娘一到認清了是他，也立刻驚惶站住，顏面先變得青蒼，然後滿面通紅，最後纔囁嚅難吐，窘急得什麼似的說：

『你你這位不認識的先生，請不要生氣，——我——我把你——』

『當作了你自己的愛人看了，是不是？小姑娘！』那青年笑着說，『而現在你却要發怒了，怒惱你在路上遇見了一個另外的，不相識的，與你是完全不相干的生人，是不是？請你不要因爲我不是你那個他而發怒纔對呀。』

『噯，你說那裏的話？』那小姑娘感到窘急似的幽幽地說——『我憑什麼要發怒呢？——噯，你正不曉得我却在這兒非常的歡喜着哩！』

『那麼他也不值得你再這樣的等待下去了，』亞諾兒特說，他這時候纔初次注意到了這純潔的村女的實在是奇妙不過的愛嬌，『假如我是你那個他的說話，那我就一分鐘也不教你無爲地在這裏等我的。』

『啊，你眞說得奇怪，』那小姑娘羞縮的說，『他若是能來的說話，那他就老早來了。或者他是病了也未可知——或者竟也許是——死了，』她緩慢地也是從心底裏出來似地嘆着說。

『你不聽到他的消息，已經是很久了麽？』

『嗳，是很久很久了。』

『那麽他的家裏總大約是去這兒很遠的罷？』

『遠麽？當然——從這兒去是遠得很哩，』那姑娘說，『是在別蓄府斯羅達(Bischofsroda)。』

『別蓄府斯羅達？』亞諾兒特叫着說，『我在那裏是在最近住過四星期的，那村裏的孩子我差不多個個都認識。他叫什麽名字呀？』

『亨利——亨利·福兒古脫(Heinrich Vollgut)』小姑娘羞羞縮縮地說，——『是別蓄府斯羅達村村長的兒子。』

『嗯，』亞諾兒特想了想說，『村長那裏我是常在進出的，他的姓字是鮑愛林 Baeuerling）據我之所知，則全村裏沒有一個姓福兒古脫的人。』

『在那裏的人，你或者總不全部都認識罷。』小姑娘辯着說，在她臉上的那一層悲哀憂怨的形容上却潛入了一臉淡淡的狡憨的笑容，這笑容在她的臉上，比起先前的那副憂鬱的形容來，實在更是相稱，更是好看。

『但是若從別蕃府斯羅達來的話，』那青年畫家說，『那翻山過來，有兩個鐘頭，也儘可以來了，至多也不過三個鐘頭。』

『可是他却仍是不來，』小姑娘說，又發了一聲沈鬱的嘆聲，『而他却是和我那麼確實地約定的哩。』

『那麼他一定是會來的，』亞諾兒特很忠心地保證着說，『因爲倘若和你約定了，那他是必須有一個堅決如石樣的心纔忍心背言而不守約——我想你的那位亨利總不至於如此罷。』

『是啊，亨利是不會如此的，』小姑娘也很信用她愛人似的說，——『可是現在我想不再等下去了，因爲無論如何我總要回家去喫午飯去，否則怕爸爸要罵起來哩。』

『你的家在什麼地方？』

『就在這村谷裏一直的進去——嚇，你聽見那鐘聲麼？——教會堂的禮拜是剛在散呀。』

亞諾兒特傾聽了一下，在距離並不很遠的地方，他聽見有一種慢慢撞擊的鐘聲傳了過來；但這鐘聲並不深沈響亮，却只是尖銳不和協的，而當他看向那鐘聲響的地方去時，他看見簡直似乎有一層濃密的霧靄遮障在村谷的那一部分上似的。

『你們的這鐘是有裂痕的，』他笑着說，『這鐘的聲音眞有點怕人。』

『是的，我也很知道，』小姑娘冷靜地回答說，『這鐘的聲音眞不美，我們早想把牠改鑄了，可是一則我們老沒有錢，二則也沒有時間的餘裕，因爲這附近是沒有鑄鐘師的。但是倒也沒有什麼；因爲我們都已聽慣了，曉得這鐘打的時候是什麼意思了，——所以就是這破鐘也儘可以通用的。』

『你們的村子叫作什麼名字呀？』

『蓋默爾斯呵護村（Germelshausen）。』

『從你們那裏可以走上味希戴爾呵護村去的?』

『那很容易——走步道而去,怕只要小半個鐘頭好了——或者還不要的呢,若你走得快一點兒的時候。』

『那麼,小寶貝,我和你一道去罷,去走過你們那個村子:假如在你們那兒有一家好好的旅館的話,那我就也到你們那兒去喫午飯去。』

『那旅館只是太好了一點,』小姑娘嘆着說,臨行時她又朝後回顧了一眼,看看她那所久候的愛人究竟來也不來。

『旅館那裏有太好的道理呢!』

『對農夫自然是如此的,』小姑娘認眞地說,這時候她已在他的邊上並着,緩緩地在走向村谷中去了,『農夫於日裏的工作完了之後晚上在家裏是還有許多事情要做的,假使他在一家好好的旅館裏晚上坐到了深夜回來,那豈不要把家裏的事情耽擱起的麼?』

『可是我今天總再沒有什麼事情就擱落了罷。』

『城裏的先生們是不同的——他們本來就不做什麼工，所以也沒有多大的事情會被躭擱，而農夫却是要爲他們而作工，做出糧食來供養他們的。』

『那倒也不盡然，』亞諾兒特笑着說，——『他們爲我們務農（植造）是有之——可是做出工作來供養却還是有待於我們自己的哩，幷且我們有時候也很苦，因爲農夫的工作，是容易得到相當的報酬的。』

『可是你們是並不在做什麼工的呀？』

『爲什麼不做工呢？』

『你們的手並不是像做工的樣兒。』

『那我就馬上試給你看看，我是如何的做工而且能夠做點什麼的，』亞諾兒特笑了。

『你且上那叢老的紫丁香花樹下的平石上去坐下來罷，』——

『我上那兒去幹什麼？』

「你且坐下罷，」青年畫家叫着，就很快的把背囊丟下，把畫篋和鉛筆取了出來。

「可是我要回家去了！」

「有五分鐘就行——我極願意將你的紀念品留一個在身邊，攜帶到外邊的世界上去，就是你的亨利大約對此總也不會反對的。」

「我的紀念品？——你說得眞可笑呵！」

「我想畫一個你的像去。」

「你是一位畫家麽？」

「是的。」

「那好極了——你馬上可以把蓋默爾斯呵護村敎會堂裏的畫重新點染點染畫一畫新，因爲牠們實在是太舊太難看了。」

「你叫什麽名字？」這一回亞諸兒特問她說，這中間他早把畫篋打開，很快的在畫取這小姑娘的嬌容的速寫圖了。

『蓋屈魯特（Gertrud）』

『你爸爸是做什麼的？』

『是村裏的村長。——你若是一位畫家，那你可以不必上旅館去；我就馬上帶你回家去喫午飯，飯後你可以和爸爸商量商量一切的事情。』

『是不是關於教會堂的畫的事情？』亞諾兒特笑着問她。

『當然是的，』小姑娘很認眞的答他，『那你就非要住在我們那裏不行，總得和我們住一個很長很長的時期，直到——我們的日子再來而那些畫是完整了的時候。』

『蓋屈魯特，這些事情讓我們慢慢的往後再說，』青年畫家一邊很忙碌地在調使他的鉛筆，一邊說，——『我且問你，假如我有時候——或者竟是常常要和你在一道而又和你說閒話說得非常之多，那你的那位亨利不會生氣的麼？』

『亨利？』小姑娘說，『他以後怕不會來了。』

『今天自然不會來了啦，可是明天呢？』

『不』蓋屈魯特完全很平靜地說，『他今天十一點鐘的時候不來，是不來的了，直要到我們的日子再來的時候止。』

『你們的日子？那是什麽意思呀？』

小姑娘只喫一驚似的誠懇眞率地朝他看看，可是對他的這一句問語，她仍不回答，而當她把視綫擎住罩在他們頭上的高空雲層上去的時候，她的眼裏却現出了一種特異的苦痛和憂鬱的表情，在凝視雲端。

這一忽兒的蓋屈魯特眞有天使般的美麗，而亞諾兒特在急於他的速寫畫的完成，注意全爲這事所吸引，把其他的一切都忘掉了。這中間他幷且也沒有多少時間的餘裕。那小姑娘突然站起來了，把一塊方巾向頭上一拋，遮住了太陽的光線，她站起來說：

『我非走不行——這日子是那麽的短，他們家裏的人，全在等着我哩。』

可是亞諾兒特也已經把那張小畫畫完了，用了幾筆粗綫，將她的衣服摺痕表示出來之後，他一邊就將畫擎給她看，一邊說：

『像不像？』

『那眞是我呀！』蓋屈魯特急速地叫了一聲，幾乎似喫了一驚的樣子。

『可不是麼？不是你是誰呢？』亞諾兒特笑了。

『你要將這畫留着拿了去麼？』小姑娘羞縮地差不多是憂悶地問。

『當然我要拿去的，』青年叫着說，『我若從這裏遠遠的，遠遠的離開了的時候，也可以常常看看想念你呵。』

『可是不曉得我爸爸答應不答應？』

『是不是說准不准我想念你的話？——他能夠禁止我不想你麼？』

『不是的——但是——諾，就是你要將畫帶去——帶到外邊的世界上去的話呀？』

『他不能阻止我的，我的心肝，』亞諾兒特很親愛地說，——『可是將這畫留在我的手裏，你自己是願意不願意呢？』

『我麼？——那有什麼！』小姑娘想了一下回答說，——『假如——只教——噯，我還是要去問問爸爸纔行。』

『你眞是一個傻孩子，』青年畫家笑着說，『就是一位公主，也不能反對一個藝術家來將她的容貌畫取而爲自己保留着的呀。對你是幷沒有什麼損害的。請你不要這樣的跑走罷，你這傻孩子；我要同你去的呀，——或者你想這樣的使我中飯也沒得喫，剩我在這裏麼？你難道忘了教會堂裏的畫了麼？』

『是的，那些畫，』小姑娘停住了脚在等着他說；但是急急把畫篋收拾起來的亞諸兒特，在一瞬之間，又已走在她的邊上了，他們便比前更快地在走他們的路，走向村子裏去。

那個村子却距離得非常之近，比亞諸兒特聽了那破鐘的聲音在猜度的距離更近了許多。因爲青年從遠處看來，以爲是赤楊樹林的一叢樹木，等他們跑近來一看，却是一排以籬笆圍住的果樹叢林，在這叢林之後深深地藏着的，在北面和東北的方面可仍是寬廣的耕地，却是那個有低低的教會堂尖塔和許多被燻黑的村舍的古舊村子。

在這裏他們開頭也踏上了一條鋪得好好的堅實的街道，兩旁是各有果樹培養在那裏的。可是在村子上面的空中却懸着那塊亞諾兒特在遠處已經看見了的陰鬱的霧靄，把亮爽的日光弄得陰沈沈地，致使在那些古舊灰色風雨經得很多的屋頂之上，只有些黃黃不亮，異常陰慘的光線散射在那裏。——亞諾兒特對這些光景可是幾乎不曾注一眼目，因爲當他們走近關頭的幾家房子的時候，在他邊上走着的蓋屈魯特慢慢的將他的手揑住了。把他的手揑住在她的手裏，她就和他走入了第二條街。

因與這一隻溫軟的手的一接觸，這位年輕氣壯的青年竟週身感到了一種不可思議的奇異的感覺，他的眼睛不能自已地在找捉那年輕的小姑娘的視線了。但是蓋屈魯特却并不流盼過來，眼睛優婉地俯視着地面，她只在領導她的客人上她父親的屋裏去。所以最後亞諾兒特的注意就只好分向到那些對他并不招呼一聲，只靜默地從他邊上走過去的村民的態度上去。

他開頭就注意到了這一點，因爲在這地方近鄰的各村子裏走過的人對一位不認識的陌生人至少也該說一聲『您好啊』或『上帝保佑你啊』的客氣話的，若不說這些的時候，那大家幾乎會把這事情當作一宗犯罪的行爲來看。在這村子裏却幷沒有人想到這件事情，這些村民只同在大都會裏的住民一樣，祇是靜默着無情地走過去了，或祇是在這裏那裏的站立下來朝他們看看——而沒有一個人來和他們攀談一句話的。就是對那小姑娘也幷沒有一個人說出一番客套話來。

那些古舊的房子，那些有用了雕刻裝飾着的尖頂八字式的門面與堅强的被風雨所打舊的草蓋的房子，又是多麼奇特呀——幷且是禮拜天也不管，人家的窗門是沒有一扇擦拭得光亮的，那些圓形的鑲在鉛框裏的玻璃看起來都是沈鬱斑斕在牠們的灰垢的面上，都只在那裏放虹霓的光彩。當他與她走過去的時候，這裏那裏也時有扇把窗門開開來的，裏面也有親和可愛的小姑娘的顏面或年老有福的老婆婆的顏面在那裏看望出來。那些住民的異樣的服式也使他感到了奇怪，因爲他們的衣服實在是與附近各村的根本地不同。此外且到處只充塞着了一種幾乎是萬籟無聲的沈默，亞諾兒特到最後覺得被這寂默壓得苦痛起來了，所以就對他的那女伴說：

『在你們這村裏難道把禮拜天守得那麼嚴謹的麼？難道教大家遇着的時候也不准交換一句客氣話的麼！若不是這裏那裏的聽見一聲狗叫和鷄鳴，那我們幾乎可以把這全村當作是沈默的或死了的地方看了。』

『現在是中飯的時候呀，』蓋屈魯特平靜地說，這時候是大家不想多說話的；因此到晚上怕你要更覺得他們的吵鬧嘈雜哩。

『眞要謝感上帝啊！』亞諾兒特叫着說，『那兒却終究有起幾個小孩子來了，他們倒是在街上玩兒哩——我已經覺得在這兒有點奇怪起來了，彷彿是怪可怕的樣子；在別蕎府斯羅達他們過禮拜天可不是這麼過的。』

『那兒是我爸爸的家裏了，』蓋屈魯特輕輕地說。

『對他可是，』亞諾兒特笑着說，『我不應該這樣出其不意地在喫中飯的時候去打攪他的呀。我對他或者是一個不被歡迎的不速之客，而我在喫飯的時候呢，又只喜歡看到親和的面色在我的周圍的。我的好孩子，還是請你告訴那旅館的地方罷，或者由我自已去找也行，大約蓋默爾斯呵護村總不會和別的地方不同罷？在平常的村子裏旅館總老是緊接在教會堂的邊上的，大約跟教會堂的尖塔走去總不至於走錯。』

『你是不錯的；我們這裏原也是和別個村子一樣的，』蓋屈魯特沈靜地說：『可是在家裏他們已經在等候我們了，你可請不必擔憂，怕他們會對你有不客氣的地方。』

『他們在等候我們？啊，你的意思是你和你的亨利罷？好，蓋屈魯特，假如今天你能把我當作亨利看待，那我就上你那兒去，和你們在一道兒住下去——一直住下去——直到你自己再想趕我出去爲止。』

他不能自已地用了極感動的聲氣將最後的幾句話說出，同時又輕輕地將還在捏着他的手的那隻纖手捏了一把，蓋屈魯特忽而站住了，張大了眼睛朝他深深地看着，她就開始說：

『你眞的願意這樣麼?』

『一千一萬個願意,』青年畫家被她的奇豔迷人的美色所征服而叫着說。蓋屈魯特可是不再回答他了,就又開始走她的路,彷彿是在深思她同行者的剛纔所講的話的樣子,最後她走到了一間高大的房子之前又站住了,一條有鐵欄圍住的寬大的石級是引入到這房子裏去的,站住之後,她又回復了從前的那種羞縮的態度說:

『親愛的先生,這兒就是我的住家,假如你喜歡的話,那請你和我一道走上我爸爸那裏去罷,他一定要以能招你去和他一道喫飯爲無上的光榮。』

當亞諾兒特能夠回答她些話語之先,在石級的高頭那位村長已經走出來立在門口了,一扇窗開了開來,裏面有一位老婦人的親和的顏面在向外看望而在朝他倆點頭,這中間那農夫叫着說:

『可是蓋屈魯特,今天你可在外面躭擱得久了,嘎唷,看啊,她又帶了一個多麼漂亮的美少年來!』

『我的親愛的村長先生——』

『請不要在台階上敍客套罷——快請進來；肉丸子早就做好了，否則怕要硬起來要冷了哩。』

『這可不是亨利，』那老婦人在窗裏說，『我不是說了麼？「他怕是不再來了。」』

『這也很好的呀，娘；很好很好！』那村長說，『這也很可以的，』對這新來者伸出了歡迎的手，他就繼續着說：『歡迎你到蓋默爾斯呵護村來，我們的少先生，那丫頭是在什麼地方把你揀取了來的呢。現在請進來用飯罷，請隨意喫喫——其餘的事情我們往後再談罷。』

他眞不讓這青年畫家有一刻可以作告罪之類的話的餘裕，等他一踏上台階，蓋屈魯特將他的手放開之後，村長就很重的和他握過手，親親熱熱地將他的手夾在臂下引他上那間寬廣的居室裏去了。

房子裏只充塞着了黴敗氣土壤氣很重的空氣，雖則亞諾兒特對於德國農人的那一種習慣，就是在房子裏最喜歡把新鮮空氣統統塞殺，與在夏天也常常把火生起好享受那種他們以爲舒服的蒸人的熱氣之類的習慣，是十分知道的，但到了這裏，他也覺得有點奇特了。那間狹窄的進口房間，也覺得有點不大令人快活。牆上的粉刷石灰都已剝落了，彷彿是剛纔很匆促地掃集收拾到邊頭上去的樣子。在這房間後部的一扇唯一的幽黑的窗，幾乎是一線的外光也透射不進來的，而從這房間引到高一層的住室裏去的那條階梯呢，又是很舊很壞，似乎是年久失修的模樣。

可是他在這裏幷沒有可以詳細觀察周圍的餘裕，因爲一瞬間之後，他的那位好客的主人已把客室的門兒開了，亞諾兒特看自己已經進到了一間雖然不高但也很寬廣的房間，在這裏的空氣是清新的，地上還有白沙鋪着，室內當中擺着一張以雪白的桌布罩好的很大的食桌，卻與這古舊的房子的周圍各種灰陳的設備作了一個很好的對照。

在那個老婆婆之外，——她已經把窗門關上，將她的椅子移向食桌邊上來了，在她之外，還有幾個雙頰紅紅的小孩子坐在房間的角上；一位强壯的農婦——可是她的衣服也完全和鄰村的不同的　爲拿了一大盤東西走進來的使女開了門。於是那盤肉丸子就熱氣蒸騰的放在桌上了，大家就各跑上椅子邊上去分受這正合飢餓的人的胃口的飯餐。可是沒有一個人坐下椅子來，而小孩子們呢，由亞諾兒特看來彷彿是都在舉起了憂懼的視線在朝他們的父親看着。

父親走近了他的椅子，將手臂擱在椅上，只靜默地沈寂地幷且是陰鬱地將視線低注在前面的地上。——他難道在祈禱麼？亞諾兒特只看見他將嘴唇緊緊地包緊，而他的右手却揑了一個拳頭在身邊掛落在那裏。在他的面上決沒有一種祈禱的表情，依他的樣子看來，却只是一種頑强的，可也是未曾堅決定的驕抗的神氣。

蓋屈魯特輕輕地走近了他的身邊，把她的手擱在他的肩上，那老婆婆也只一言不發地和他對立在那裏，在用了一種憂怨哀懇的視線朝他呆看。

『我們喫罷！』那男子粗暴地說，——『是沒有辦法的！』將椅子推了推開，對他的客人點了點頭，他就自己坐下椅去，拿起那柄很大的食器來替大家分裝起菜來了。

這一位男子的這種種行爲，亞諾兒特眞覺得有點莫名其妙的可怕，并且在其他各人的都似在受壓迫似的雰圍氣中他也同樣的不能感到舒暢。可是那位村長並不是將他的中飯來和憂思一道吃的人。他在桌上一拍，使女就又進來拿了許多酒杯酒瓶來了，與他所倒給人的那種可口的陳酒之來在同時，食桌上的各員中間也馬上都感到了一種完全不同的比前更愉快的情懷的恢復。

那種名貴的飲品眞像是化成液體的熱火在亞諾兒特的血管裏循流起來了——他自從出世以來决還沒有吃到像這樣的好酒過，——蓋屈魯特也喝了，老婆婆也喝了，老婆婆往後馬上就到屋角上她的紡輪邊上去坐下了，她并且用了輕輕的音調唱出了一曲歌詠蓋默爾斯呵護村的快活的生活的小曲兒來。村長自己也全完像變過了一個人的樣子。和前頭是異常的沈鬱異常的靜默時一樣，這一忽兒却變得異常的快活異常的高興了，亞諾兒特當然也不能逃出這種美酒的自然的影響。他也不曉得究竟是從那裏來的，村長的手裏却橫揑了一把提琴在抽一個很快活的跳舞曲子，亞諾兒特抱住了美麗的蓋屈魯特，就和她在屋裏亂舞起來。他倆跳舞得有如此之狂，甚至於把紡輪打翻，許多椅子也被跌倒，而把那個正在把食器收拾搬出去的使女也幾乎闖倒，總之他倆演盡了種種可笑的狂跳亂舞，弄得在旁看着的其餘的人都笑斷了肚腸。

突然之間，室內的一切都沈默了，等亞諾兒特吃了一驚回過來看那村長的時候，他却以提琴的弓子指了一指窗外，就把那樂器仍復收拾到了那隻他前回是從這裏頭取出來的大木箱子裏面。亞諾兒特看見外面街上正有一具棺材在從那裏擡過。

六個穿着白襯衫的男子將棺材扛在肩上在前頭走，後面只冷清清的跟着了一位老人，手裏帶着一個金髮的小小姑娘。老人似被憂傷所摧毁似的在街上走着，但那還未滿四歲的小孩，大約是因爲還不曉得睡在那黑棺裏的是何人的緣故罷，到處若遇着一個認識的人的時候，就在很親愛的點頭，而當看見了兩三隻狗跑跳了過去，其中的一隻闖着了村長的房子前面的石級而滾倒的時候，却很高興的笑了起來。

但是只當那棺材還看得見的中間室內沈默了一忽。蓋屈魯特走近了青年畫家的身邊對他說：

『現在你暫時休息一忽兒罷——你跳也跳得夠了；否則那猛烈的酒性怕要漸重地逼上你的頭來。來罷，拿着帽子，讓我們一道去散一囘步。等我們囘來的時候，正好上那家旅館去，因爲今晚上那裏有跳舞哩。』

『跳舞？——好極了，』亞諾兒特很滿足地叫着說，『我眞來得湊巧呵；你總該和我跳頭一個跳舞的罷，蓋屈魯特？』

『當然，假如你若願意的說話。』

亞諾兒特也將帽子和畫篋拿起來了。

『你那本書幹什麽的？』村長問。

『他是畫畫的，爸爸，』蓋屈魯特囘答說——『他已經把我畫過一張了。你且看看那張畫罷。』

亞諾兒特開了畫篋，就將那張速寫圖擎給那男子去看。

那農夫靜靜地沈默着看了一會。

『你要將這畫帶着拿回去麼?』他最後問說,『或者將裝進一個框子去掛在你的房裏罷?』

『那是不行的麼?』

『爸爸,你許他帶回去麼?』蓋屈魯特問。

『假如他不和我們在一道,』村長笑着說,『我也沒有什麼好反對——但是這畫上還缺少一點背景。』

『什麼呢?』

『剛纔的那個喪葬的行列——你把那葬式畫上這紙上去罷,那麼你可以帶了回去。』

『但是那個喪葬行列和蓋屈魯特?』

『紙上還空得很呢,』村長很頑固地說,『一定要把葬式畫上去纔行,否則我不許你帶了這只畫着我的小姑娘的速寫圖拿去。在這樣的嚴肅的背景之內或者沒有人會想到壞事情上去的。』

亞諾兒特對於這奇怪的提議，就是對一位美麗的姑娘要借一個喪葬行列來作名譽保證的這提議笑着搖了搖頭。但是這老人似乎已經決下了心而不能變動的了，為使他滿足起見，亞諾兒特就從了他的提議。往後他以為儘能夠把這悲哀的添加品很容易地再擦去的。

他以熟練的手法把剛纔走過的人物情景畫了上去，雖則是只追溯着他的記憶在畫的，但他仍將全部都畫入在紙上，於是全家族的人就都擠攏在他的身邊，表示着很明顯的驚異，在看他那種神速的畫法。

『我畫得還不錯罷？』最後亞諾兒特從椅子上跳起，將那張畫伸直了手臂拿着在看的時候叫着說。

『真不錯！』村長點了點頭，——『我真想不到你能這麼快的就把牠畫好了。好，現在是好了，你就和那小丫頭出去罷，去看看我們這村子——或者你第二次不能馬上有再來看的機會罷。到了五點鐘的時候就請回來——今天我們有一個慶祝的盛會，你一定要來參列纔行哩。』

那個土壤氣重的房間和已經昇上頭來的酒性把亞諾兒特弄成了一種不暢放的被壓迫的氣分感覺，他早在渴慕着外面天空下的自由開放了。幾分鐘之後他就走在美麗的蓋屈魯特之旁，遵沿了那條貫通村子的大街在逍遙闊步了。

現在路上可沒有同從前那麼的沈寂了；小孩子們在街上遊戲，老人們這兒那兒的坐在門前在看他們。充滿着古舊的奇怪的房屋的這地方全部只教太陽能夠通過那層像一塊雲似地掛在人家上面的深厚紫褐色的烟靄晒射下來，那一定就能夠呈現出一種親和悅目的景象。

『這近邊有荒野或森林裏在起火麼？』他問那姑娘說；『像這樣的烟靄是旁的任何村子裏所沒有的，這當然也不是從烟囱裏出來的呀。』

『這是地氣，』蓋屈魯特很平靜地回答說——『但是你還沒有聽人說起過蓋默爾斯呵護村麼？』

『從來沒有聽見過。』

『這倒也奇怪了，這村子是很古——很古的呀。』

『至少從這村裏的房屋看起來是如此的，並且那些村民的行動舉止也奇怪得很，而你們的言語也完全和隣近的各村不同。你們大約是從你們的村裏很少出去到外間去的罷？』

『很少，』蓋屈魯特簡單地答。

『在這裏并且一隻燕子也沒有了？——難道牠們已經都飛完了麼？』

『嗳，早就，』那姑娘呆板地回答說，『在蓋默爾斯呵護村牠們是不來造巢的——大約是因爲牠們不能受那地氣的緣故罷。』

『可是你們這裏總不是老有這地氣的罷？』

『老有的。』

『那麽或者伱們的果樹不生果子，也是這個原因，在馬利斯勿兒特今年他們却非要把樹枝用支柱來支住不行，今年的果子眞生得多呀。』

蓋屈魯特對此也不作一句答語，儘是默默的在他邊上在村子裏向前走去，到最後終究走到了村子的盡頭。在路上她只有幾次很慈和的對小孩子點了些頭或對年輕的少女中間的一個說幾句輕輕的話——大約是關於今晚上的跳舞與跳舞會內穿的衣裳之類的話罷。那些年輕的姑娘在這中間都用了滿抱着同情的眼光在朝這青年畫家注視，致使他也不曉得是什麽原因會變得心裏熱起來悲痛起來——但是他也不敢問一聲蓋屈魯特，這究竟是什麽緣故。

現在他們終於走到了村子最外面的幾家人家的邊上了，因爲在村子裏頭是異常的熱鬧的原因，所以在這裏覺得格外的冷靜沈寂，幾幾乎覺得周圍是完全死絕了的樣子。那些庭園似乎是很久很久的有許多年數沒有人跡到過似的路上只長着荒草，尤其是惹這年輕的異鄉人注意的，是那些果樹，果樹中竟沒有一株生着一顆果子的。

在那裏他們遇見了幾個自外面進來的人，亞諾兒特一看見就認得他們是剛纔搬葬儀出去回來的人物。這一羣人只沈默地從他們身邊經過，又回向村裏去了，兩人的脚步便自然而然的走向了墓地中間。

亞諾兒特覺得他那同行的女伴變得很憂鬱了，所以盡力的想使她高興起來，於是就講了許多他所到過的另外的地方的事情給她聽，并且告訴她外面的世界是怎麼樣的。她從來還沒有看見過鐵路，并且聽也還沒有聽見過，所以很注意地滿懷了驚異在聽他的說明。她對於電報以及各種新一點的發明之類，都完全沒有一絲的概念，致弄得那青年畫家不能了解，何以在德國境內竟能有這樣保守的人，完全和外界相隔絕，竟能不與外界發生一點極微細的關係而這樣地在生活過去。

在說這些話的中間，他們就走到了墓地之內，在這兒那年輕的異鄉人就又被那些古代的石頭和墓碑之類所驚異了，雖則牠們的樣子一般是很單純的。

『這是一塊很古很古的石頭』當他伏下身去看了身邊最近的一塊石頭費了許多苦心，將石上的蜷曲的文字翻出來後，這樣的對蓋屈魯特說，「安娜，馬利亞，白托耳特，生姓須蒂格利茲 Anna Maria Berthold, geborene Stieglitz,）生於一一八八年十二月初一——卒於一二二四年十二月初二——」

『這是我的母親，』蓋屈魯特嚴肅地說，兩行亮晶晶的大淚在她的眼睛裏湧出慢慢地洒上她的衣上去了。

『嗳，你的母親？你這好孩子？』亞諾兒特吃了一驚對她說，『你的曾曾曾祖母罷，只有這是可能的。』

『不是的，』蓋屈魯特說，『是我自己的母親——爸爸後來又結婚了，在屋裏的那位是我的後母。』

『可是在石上不是說是在一二二四年卒的麼。』

『那年分有什麼關係呢，』蓋屈魯特很悲哀的說，——『像這樣的不得不和母親死別開來，實在是一件最傷心的事情，但也』她又輕輕地而也很沈痛地加上去說——『許是很好的——完全是很好的，像這樣的她能夠先到了上帝那裏。』

亞諾兒特搖着頭又伏下身去，想將石上的碑銘再仔細點尋探一下，看年號中的頭一個二字是不是八字，因爲在古代的書法裏這也並不是不可能的；但是第二個二字却和頭一個絲毫也不差一點，而寫的若是一八八四年這年分呢又太嫌早了，因爲一八八四年正還沒有到來呢。或者是石匠的錯誤也未可知，看那姑娘是深沈在故人追懷的沈思裏了，他也不想再以大約是她所不樂意的問題去打斷她的念頭。他所以讓她一個人跪下在那塊石頭的邊上在輕輕的祈禱，他自己就又去尋看另外的墓碑去了但是看來看去，那些墓石上所刻的年分毫無例外地都是幾百年前的年號，竟有古到耶穌降生後九百三十年及九百年代的，新一點的墓石一塊也尋不出來，可是村裏的死者就是現在也還是上這裏來葬的，那穴最近的新墓就是一個證據。

從低低的墓地牆上望出去，也看得到一個這古村全村的很好的全景，亞諾兒特馬上就利用了這機會，畫下了一張速寫圖來。但是在這一塊地方之上，也有那層奇怪的霧露懸着，而在遠一點的近樹林的地方呢！他却能看見明亮的日光皜皜地晒在山坡的上面。

村子裏那個舊的在裂痕的鐘聲又響過來了，蓋屈魯特急急地站了起來，將眼睛裏的淚痕彈了一彈，她就很親愛的向那青年打了一個招呼，教他跟着她去。亞諾兒特馬上就走到了她的邊上。

『現在我們可不該再傷悲了，』她微笑着說，『教會堂的鐘聲在響，禮拜已經散了，現在是可以去跳舞去了。你到現在為止大約總以為蓋默爾斯呵護村的村民都是陰鬱虔敬的人罷；今天晚上你却可以看到相反的事實。』

『可是那邊是教會堂的門罷，』亞諾兒特說，『我却不見有什麼人出來呀？』

『那是當然的，』小姑娘笑了，『因為並沒有人進去的緣故，就是牧師本人也並不進去的。只有那教會的老役人自己不肯休息在那裏召集催散地打打鐘罷了。』

『那麼你們這裏的人難道沒有一個上教會堂去的麼?』

『不——彌撒也不去——懺悔也不去的，』那小姑娘沈靜地說，『我們和教皇的爭執還沒有解決呢，他住在外國人的中間非要到我們再服從他的時候他是不允許我們到教會堂去的。』

『可是自從出生以來，我倒還沒有聽到過這一件事情。』

『是的，那還是很早很早的事情啊，』小姑娘不經意地說了開去，——『你瞧，那不是教會的那老役人麼?他只一個人從教會堂裏出來，在關門了；他在晚上也不上旅館裏去的，只是一個人靜靜地坐在家裏。』

『那牧師也去的麼?』

『我想他是去的——他在衆人之中是一個最會尋快樂的人。他把什麼事情都不擱在心上的。』

『這些事情究竟是怎麼一回事呀?』亞諾兒特問說，實在他對那些事實的驚異，還